www.ingramcontent.com/pod-product-compliance
Lightning Source LLC
LaVergne TN
LVHW041843070526
838199LV00045BA/1419

شهر عسل غامض

طريقة غير تقليدية

Translated to Arabic from the English version of
Mystical Honeymoon

Aurobindo Ghosh

Ukiyoto Publishing

جميع حقوق النشر العالمية محفوظة من قبل

Ukiyoto Publishing

نشرت في عام 2024

حقوق الطبع والنشر للمحتوى © أوروبيندو غوش

ISBN 9789367957219

جميع الحقوق محفوظة.

لا يجوز إعادة إنتاج أي جزء من هذا المنشور أو نقله أو تخزينه في نظام استرجاع، بأي شكل من الأشكال بأي وسيلة، إلكترونية أو ميكانيكية أو نسخ أو تسجيل أو غير ذلك، دون إذن مسبق من الناشر.

تم التأكيد على الحقوق المعنوية للمؤلف.

هذا عمل خيالي. الأسماء والشخصيات والشركات والأماكن والأحداث والمواقع والحوادث هي إما نتاج خيال المؤلف أو تستخدم بطريقة وهمية. أي تشابه مع الأشخاص الفعليين، الأحياء أو الأموات، أو الأحداث الفعلية هو من قبيل الصدفة البحتة.

يباع هذا الكتاب بشرط عدم إقراضه أو إعادة بيعه أو تأجيره أو تداوله بطريقة أخرى عن طريق التجارة أو غير ذلك، دون موافقة مسبقة من الناشر، في أي شكل من أشكال التجليد أو التغطية بخلاف تلك التي يتم نشرها.

www.ukiyoto.com

"أهدي هذا الكتاب إلى والدي ماهاشاي رافيندراناث غوش، والدتي سمت. Vidyutmoyi Ghosh وحماتي SmtDwarkabaiKoundanya المسؤولين عن تشكيل حياتي. أنا مدين لزوجتي الدكتورة شرادة غوش لتفانيها الدؤوب وغير المنسوج لرؤية تحرير جميع كتاباتي بشكل صحيح. كانت تنتزع الوقت من جدولها المزدحم للغاية لقراءة المخطوطة عدة مرات قبل إعطائها لي مرة أخرى لمزيد من المعالجة للنشر. أنا ممتن لشركة Ukiyoto Publishing لتشجيعها لي على إكمال مشاريع الكتابة الخاصة بي في الوقت المناسب."

مقدمة

من مكتب بيبيكاناندا باسو، ثين

"شهر العسل الغامض" الذي كتبه الدكتور أوروبيندو غوش هو قصة حلوة وساحرة للغاية عن عائلة غوجاراتية نموذجية. إنه يقدم فكرة فريدة عن أب مسؤول و "ماماجي" يقنعون أجنحتهم بتبني تقاليد الزواج داخل الثقافة الهندية. تحدث مثل هذه الحوادث في العديد من العائلات في مختلف الولايات في الهند. تصف القصة أيضًا بشكل جميل جولة ما بعد الزواج في الأماكن المقدسة على طول نهر الجانج، بما في ذلك كلكتا وبود غايا وباناراس، والتي قام بها المتزوجون حديثًا وعائلاتهم. تم اختيار عنوان "شهر العسل الغامض" بشكل مناسب، لأنه يلخص أسطورة وتراث الثقافة الهندية. باختصار، إنه كتاب قصة جميل كتبه الدكتور أوروبيندو غوش.

شري أوروبيندو غوش دادا معروف لي منذ أكثر من 20 عامًا، ويعود تاريخه إلى أيامنا في سيلفاسا. التقيت به لأول مرة كمدير لكلية محلية وكشفت شخصيته الساحرة وطريقته التعبيرية على الفور عن معرفته العميقة. يحمل أوروبيندو غوش دادا المرموق شهادة دكتوراه مزدوجة في الإحصاء الرياضي والاقتصاد. ولد في عام 1947 في بهاغالبور (بيهار)، ولديه خلفية ثقافية وتعليمية غنية. تمتد مساهماته

في الأدب إلى عدة لغات، بما في ذلك البنغالية والهندية والماراثية والغوجاراتية، وهو يجيد جميع اللغات الأربع، بالإضافة إلى اللغة الإنجليزية. زوجته الدكتورة شرادة غوش هي أيضًا شخصية بارعة، حاصلة على درجة الدكتوراه في فيزياء الحالة الصلبة وتعمل كدليل بحثي على مستوى الجامعة. غوش دادا ليس عالمًا فحسب، بل هو أيضًا فنان مشهور. تم تحويل منزله في سورات إلى متحف فني، يعرض لوحاته على قماش وصور وحرف يدوية. عزيزي غوش دادا، نحن جميعًا نحترم ونحب ونصلي من أجل مساهماتك المستمرة في الفن والأدب. دع الهند تفخر بمثل هذا الابن الموهوب والغني ثقافيًا للتربة.

جاي هند.

بيبيكاناندا باسو

المحتويات

1	قلب المؤلف خارج
3	الخلفية
5	تمهيد
7	الفصل الأول
13	الفصل الثاني
24	الفصل الثالث
28	الفصل الرابع
44	التفاعل الأول
54	**الفصل الخامس**
74	**الفصل السادس**
77	**جولة في مدينة كلكتا: استكشاف القلب الثقافي للهند**
140	**الفصل السابع**
144	**الخاتمة**
146	**نبذة عن المؤلف**

1

قلب المؤلف خارج

في قلب أسرة هندية صاخبة، حيث يتردد صدى التقاليد القديمة عبر الممرات، يحدث تحول هادئ لا يمكن إنكاره. تجد الأسرة، الميسورة والمتجذرة بعمق في تراثها الثقافي، نفسها في مفترق طرق عالم متغير. التقاليد، التي كانت في يوم من الأيام الغراء الذي يربط الأسرة ببعضها البعض، تواجه الآن التآكل المستمر الناجم عن طموحات جيل أصغر سناً.

نشأ هذا الجيل الشاب، الحاد والطموح، في بيئة يحظى فيها التعليم بالتبجيل قبل كل شيء. منذ سن مبكرة، يتم تعليمهم أن النجاح هو حقهم الطبيعي، ولكن فقط إذا عملوا من أجله بتصميم لا هوادة فيه. إنهم يدرسون بجد، ويتنافسون بشدة لتأمين مواقع في أرقى المؤسسات في الهند. وتكافأ جهودهم بدرجات تفتح الأبواب لعالم أبعد من وطنهم، عالم من الفرص والازدهار والوعود.

مع وجود هذه الجوائز في متناول اليد، فإنهم يغامرون في الخارج، وغالبًا ما يهبطون في البلدان المتقدمة التي توفر فرصًا لا تستطيع الهند توفيرها. هناك، لا يجدون النجاح المهني فحسب، بل يجدون أيضًا روابط شخصية تتجاوز الحدود الثقافية. يجتمعون بأفراد من خلفيات متنوعة، أشخاص يقدمون لهم طرقًا جديدة للتفكير والعيش والمحبة. لا محالة، يقع البعض في حب شخص من أصل أجنبي، ينجذب إلى الحرية والاستقلال اللذين تمثلهما مثل هذه العلاقات في كثير من الأحيان.

في الوطن، تراقب عائلاتهم هذه التطورات بمزيج من الفخر والخوف. الآباء والأمهات، الذين احتفلوا ذات مرة بإنجازات أطفالهم، يجدون أنفسهم الآن يتصارعون مع عواقب تلك النجاحات. تبدأ الأسرة المتحدة، التي كانت في يوم من الأيام مصدرًا للقوة والأمان، في إظهار علامات التوتر. يكافح الشيوخ، الذين أمضوا

حياتهم في التمسك بالتقاليد، من أجل التوفيق بين قيمهم والخيارات التي يتخذها أطفالهم.

في هذا التوازن الدقيق، يبدأ مفهوم الأسرة المتحدة، وهو حجر الزاوية في الثقافة الهندية، في الانهيار. يجد الأطفال، الذين اعتنقوا الحداثة، صعوبة متزايدة في الالتزام بتوقعات شيوخهم. إنهم يرون مستقبلهم في الأراضي التي تبنوها، حيث يتم تقييم الطموح الفردي فوق التقاليد الجماعية. تبدو فكرة العودة إلى الحياة التي تمليها الالتزامات العائلية وكأنها خطوة إلى الوراء، وتضحية باستقلالهم الذي حصلوا عليه بشق الأنفس.

ومع ذلك، في خضم هذا التدهور البطيء، تمكنت بعض العائلات من التمسك بتقاليدها، ولكن ليس من دون صعوبة كبيرة. إنه يتطلب الإقناع المستمر والحوار المنفتح والرغبة في التكيف من كلا الجانبين. يجب على الشيوخ أن يتعلموا قبول أن خيارات أطفالهم لا تعني بالضرورة رفض قيمهم، بل هي تطور لهم. ويجب على جيل الشباب، بدوره، أن يدرك أهمية جذوره الثقافية وأن يسعى إلى إيجاد توازن بين تطلعاته ومسؤولياته.

لكن هذه النجاحات نادرة. في كثير من الأحيان، يصبح السعي لتحقيق النجاح في الخارج سرابًا ؛ حلم يعد بالوفاء ولكن على حساب الروابط العائلية التي كانت توفر السعادة الحقيقية. الأسرة المتحدة، التي كانت ذات يوم رمزًا للمرونة الهندية والوحدة، تتفكك ببطء ولكن بثبات، تاركة وراءها أصداء باهتة لتقليد لم يضيع دفعة واحدة، بل قطعة تلو الأخرى، باسم التقدم.

أوروبيندو غوش

سورة: 2024/07/01

الخلفية

على الرغم من أن والدي بارث تقدميان من نواح كثيرة، إلا أنهما متجذران في التقاليد عندما يتعلق الأمر بالزواج. لطالما حلموا بترتيب زواجه من فتاة تشاركهم ثقافتهم وقيمهم والأهم من ذلك تراثهم. إن فكرة زواج ابنهما من أجنبي، شخص قد لا يفهم تعقيدات عاداتهم، والذي قد لا يتحدث لغتهم الخاصة، تملأهم بعدم الارتياح. بالنسبة لهم، لا يتعلق الأمر بالزواج فقط ؛ بل يتعلق بالحفاظ على النسب، وهو أسلوب حياة تم تناقله عبر الأجيال.

يصبح الوضع أكثر تعقيدًا مع وجود جدة بارث، أم الأسرة. إنها تجسيد للتقاليد، بعد أن شهدت التغييرات التدريجية في المجتمع ولكنها تتشبث بثبات بمعتقدات عصرها. بالنسبة لها، فإن الأحفاد ليسوا مجرد أفراد من الأسرة ؛ إنهم حاملون لإرث الأسرة. إن فكرة زواج حفيدها الحبيب من شخص خارج ثقافته أمر لا يسبر غوره. وتخشى أن يؤدي ذلك إلى إضعاف جوهر هويتهم.

بينما تتصارع الأسرة مع هذه المعضلة، تتصاعد التوترات. يواجه بارث، الممزق بين حبه لشريكه واحترامه العميق لعائلته، أصعب قرار في حياته. يحاول والداه التفاهم معه، موضحين أنه بينما يفهمان مشاعره، لا يمكنهما التغاضي عن زواج يتعارض مع كل ما علماه. إنهم يذكرونه بالتوقعات المجتمعية ورأي الأسرة الممتدة والخسارة العاطفية التي ستتحملها جدته.

تعبر الجدة، بطريقتها الهادئة ولكن الحازمة، عن خيبة أملها، موضحة أن سعادتها تكمن في رؤية بارث متزوجًا من امرأة من ثقافتهم الخاصة. إنها لا تفرض إرادتها، لكن ألمها الصامت يتحدث كثيرًا، ويثقل كاهل قلب بارث.

في عرض نادر للطاعة، هل سيقرر بارث إعطاء الأولوية لرغبات عائلته ؟ هل سيقطع علاقته، ويعود إلى الهند لأداء الدور المتوقع منه ؟ بينما يتألم قلبه، هل سيجد العزاء في معرفة أنه يحافظ على القيم

التي تجدها عائلته عزيزة عليه. هل سيتوقف سوء الفهم وسيعود السلام إلى الأسرة، ولكن بتكلفة ؟

تعكس هذه القصة المعضلة التقليدية التي تواجهها العديد من العائلات الهندية ؛ شد الحبل بين الحب والواجب، وبين القديم والجديد، وبين السعادة الفردية والتوقعات الجماعية. كما يسلط الضوء على الرابطة الفريدة بين الأجداد والأحفاد، حيث يمكن لتأثير الأول أن يشكل قرارات تغير الحياة. في النهاية، إنها قصة حل وسط وقبول وقوة التقاليد التي لا تتزعزع في تشكيل حياة الجيل القادم.

تمهيد

في عالم تتصادم فيه التقاليد غالبًا مع التطلعات الحديثة، يقدم "شهر العسل الغامض" حكاية حميمة عن الحب العائلي والقيم الثقافية والمرور الحتمي للوقت. بصفتي مؤلف هذه القصة الساحرة، يسعدني أن أشارك قرائي سردًا ينسج معًا فرحة البدايات الجديدة مع جوهر الوداع الحلو المرير.

يتمحور هذا الكتاب حول ثلاث عائلات غوجاراتية، لا ترتبط بالدم فحسب، بل بشعور عميق بالتآزر. في قلبها تكمن العلاقة المؤثرة بين الجدة وحفيدها الحبيب. بينما يقف على حافة حياة جديدة مع عروسه، تتصارع الجدة مع إدراك أن وقتهما معًا عابر. يرمز حفيدها الذي سيغادر قريبًا إلى الولايات المتحدة مع زوجته الجديدة إلى أمل المستقبل وحزن الفراق. إن تردد الأم في السماح لحفيدها بالشروع في شهر عسل هو أكثر من مجرد نداء عاطفي ؛ إنها شهادة على حبها العميق والاعتراف القاسي بوفاتها. وهي مقتنعة بأن هذه ستكون فرصتها الأخيرة لمشاركة اللحظات مع حفيدها وعروسه، وهو واقع يثقل كاهلها.

في قلب أحمد آباد، حيث يتردد صدى الموسيقى الكلاسيكية الهندية في الهواء، تقف امرأتان شابتان على حافة أحلامهما. لم يشترك سوارانجالي وسانجيتا، الأصدقاء السريعون، في حب الموسيقى فحسب، بل في رابطة عميقة غير قابلة للكسر. ومع ذلك، تختلف مساراتهم مع اقترابهم من إكمال درجة الماجستير في الموسيقى الكلاسيكية الهندية من جامعة غوجارات. تحلم سوارنجالي، بحضورها الهادئ وتصميمها الذي لا يتزعزع، بالغوص أعمق في عالم الموسيقى. طموحها هو متابعة الدكتوراه في الموسيقى الكلاسيكية الهندية، وهي رحلة تعهدت بالقيام بها حتى قبل التفكير في الزواج. أكدت لها ماماجي، وهي دعامة الدعم طوال حياتها، أن حلمها لن يتعرض للخطر. مع دعمه القوي، تتحرك سوارانجالي إلى الأمام، واثقة وخالية من التوتر حول هدفها الثابت في الحياة.

على النقيض من ذلك، تحلم صديقتها سانجيتا، بروحها وطاقتها غير المحدودة، بحياة في الخارج. إنها تغزل لتتزوج من مهاجر غير هندي وتستقر في أرض أجنبية، وهو حلم يرعاه والداها اللذان يبحثان بنشاط عن تطابق مناسب. تتجذر طموحات سانجيتا في الرغبة في استكشاف آفاق جديدة واحتضان المجهول.

في جميع أنحاء العالم، في مدينة كاليفورنيا الصاخبة، قام شاب موهوب وحيوي ووسيم للغاية، بارث ديف، بإنشاء شركة نقل ناجحة كمستشار مالي لبنك أمريكي كبير. بارث، ابن ديفانغبهاي وفالجوني ديف، عائلة أعمال غوجاراتية مشهورة من أحمد أباد ترتكز على جذوره الهندية على الرغم من أسلوب حياته الأمريكي الحديث. تحمل عائلته، وخاصة جدته، التي يخاطبها باسم "با"، رغبة عميقة في مشاهدة زواج حفيدها بارث. إنها ترغب في رؤية بارث يستقر مع فتاة هندية ويقرر مستقبلهما معًا. هل ستتحقق رغبة با ؟ أم أنها ستصاب بخيبة أمل ؟ دعونا نستكشف تطور الرابطة الأسرية العاطفية بين أفراد العائلات في حالة تعقيدات السلوك البشري.

الفصل الأول
إرث Jignesbhai:
حكاية عائلة غوجاراتية.

كان Jignesbhai Desai رجلًا قويًا من حيث المبادئ والتفاني. ولد ونشأ في أحمد آباد، غوجارات، وبنى أعماله من الألف إلى الياء بالعمل الجاد والمثابرة. لم تجلب له روحه الريادية النجاح فحسب، بل أيضًا الاحترام داخل المجتمع. كان جيجنيسبهاي رب عائلة مخلصًا، متزوجًا بسعادة من زوجته المحبة كيرانبن. وقد أنعم الله عليهما بطفلين: ابن اسمه هيرين وابنة اسمها مالاتي. كان هيرينباي أكبر بعشر سنوات من مالاتيبين. منذ سن مبكرة، أظهر إحساسًا بالمسؤولية يكذب سنواته. بصفته الأخ الأكبر، أخذ على عاتقه حماية وتوجيه أخته مالاتي إلى الأبد. كانت العلاقة بين الأشقاء قوية، وعززها حبهم المشترك لوالديهم ومنزلهم. كانت مالاتي حزمة من الفرح والإبداع. أصبح حبها للموسيقى واضحًا في وقت مبكر من طفولتها. كانت تدندن في كثير من الأحيان وكانت مفتونة بالألحان الهندية التقليدية التي غنتها والدتها أثناء صلاة العشاء. وإدراكًا لموهبتها، شجعها جينيبهاي وكيرانبن على متابعة شغفها بالموسيقى الكلاسيكية الهندية. ساعدت هذه البيئة المغذية مالاتي على الازدهار لتصبح مغنية موهوبة، مرتبطة ارتباطًا وثيقًا بجذورها الثقافية.

نقطة التحول

كانت الحياة مزيجًا من الأعمال والموسيقى لعائلة ديساي، حيث كان متجر جيجنيسبهاي في أسواق أحمد أباد الصاخبة يوفر دخلاً مستقرًا وعاليًا للعائلة. بدأ ابنه هيرينباي بعد اجتياز امتحان المدرسة الثانوية العليا في مساعدة والده في المتجر أثناء التحاقه بالكلية. وازن بين أكاديمييه ومسؤوليات العمل في المتجر بسهولة ملحوظة، مما جعل والده فخوراً.

ومع ذلك، اتخذت الحياة منعطفًا مأساويًا عندما تعرض كل من جيجنيسبهاي وزوجته كيرانبن لحادث سيارة مميت أثناء عودتهما

من مومباي بعد حضور حفل زواج. توفي كلاهما على الفور. هرع هيرينباي إلى المكان ليجدهم ميتين. تحطم عالم الأسرة. لا يزال هيرينباي في أواخر مراهقته، وجد نفسه مدفوعًا بدور رب الأسرة. كان ثقل المسؤولية هائلاً، لكن هيرينباي ارتقت إلى مستوى المناسبة بتصميم ونضج. اتخذ القرار الصعب بترك الكلية وتكريس نفسه بالكامل لإدارة أعمال العائلة. كان هدفه الأساسي هو التأكد من أن مالاتي لم تشعر بالفراغ الذي خلفه غياب والديهم. كان تفاني هيرينباي لعائلته ثابتًا. أصبح شخصية أبوية لمالاتي، وقدم لها الدعم والحب الذي تحتاجه خلال مثل هذا الوقت المضطرب.

بداية جديدة

عندما تولى هيرينباي زمام الأمور في العمل والعائلة على حد سواء، سرعان ما أثبت أنه رجل أعمال ماهر وذكي. كفلت جهوده بقاء الاستقرار المالي لعائلته على حاله. لكن تركيزه لم يكن على المتجر فقط. كما أولى اهتمامًا وثيقًا لتعليم مالاتي وشغفها بالموسيقى. حضرت هيرينباي بانتظام عروضها خلال برامج نافاراترا أو برامج مجتمعها ؛ وشجعتها دائمًا على الممارسة وتأكدت من أن لديها أفضل معلمي الموسيقى.

عندما بلغت مالاتي الحادية والعشرين، التقت بدارمشبهاي، وهو رجل أعمال شاب ومزدهر من خلال صديق مشترك في التجمع الاجتماعي. لقد أحبوا بعضهم البعض. لكنها قررت إبلاغ الأمر لأخيها الأكبر. عندما عرف هيرينباي عن إعجابها بدارمشبهاي، دون إضاعة الوقت ذهب إلى منزله لرؤية الحالة المالية للصبي. لدهشته السعيدة، وجد عائلته مهذبة للغاية. كان العمل المملوك للعائلة ناجحًا وكان متأكدًا من أن أخته قد اختارت رجلًا مثاليًا كشريك حياتها. تم الانتهاء من التحالف وتم الإعلان عن موعد الزواج. كان زواجهما مناسبة سعيدة، تم الاحتفال بها بحماس تقليدي وبركات المجتمع بأكمله. تضخم قلب هيرينباي بفخر وهو يشاهد أخته تخطو نحو فصل جديد من حياتها. كانت سعادة مالاتي ذات أهمية قصوى بالنسبة له، ورؤيتها تستقر مع دارمشبهاي جلبت له فرحة وسعادة هائلة.

بنى المتزوجان حديثًا حياة سعيدة معًا وسرعان ما أنجبت مالاتي طفلة جميلة. أرادت العائلة أن تعطيها اسمًا يجب أن يكون مرتبطًا بالموسيقى. بعد العديد من المداولات، وضعوا اللمسات الأخيرة على اسم سوارانجالي، مما يعني تقديم صوت لحني إلى الله. كما اقترح هيرينباي أن يتم التعامل مع الطفل على أنه سوارا في المنزل ولا شيء آخر. لحسن الحظ ورثت سوارا حب والدتها للموسيقى وأظهرت موهبة رائعة منذ صغرها. غالبًا ما كانت تغني جنبًا إلى جنب مع مالاتي، صوتها الحلو يتردد صداه في جميع أنحاء المنزل، مما يبهج عائلتها.

رحلة سوارانجالي

كانت علاقة سوارانجالي مع ماماجي هيرينباي غير عادية. على الرغم من الحب والرعاية من والديها، كانت هيرينباي هي التي احتلت مكانة خاصة في قلبها. كان يثق بها ومرشدها وأكبر داعم لها. بدوره، عشق هيرينباي ابنة أخيه ورأى فيها نفس الشغف بالموسيقى الذي حدد سنوات أخته الأولى. رعت والدتها رحلة سوارا الموسيقية بدقة وبدعم من هيرينباي. بحلول الوقت الذي وصلت فيه إلى سن المراهقة، كانت تؤدي في العديد من الأحداث المحلية واكتسبت تقديرًا لموهبتها الاستثنائية. حرصت هيرينباي على أن تتمكن سوارا من الوصول إلى أفضل معلمي الموسيقى والموارد، وكانت مصممة على رؤيتها تنجح. مع تقدم سوارا في السن، تعمق تفانيها في الموسيقى الكلاسيكية الهندية. وقررت مواصلة حياتها المهنية في الموسيقى. وبدعم من عائلتها، التحقت بجامعة غوجارات لدراسة الموسيقى الكلاسيكية الهندية. لقد أثمرت سنوات تدريبها وتفانيها الصارمين، وقد برعت في دراستها وحصلت على الجوائز والأوسمة على طول الطريق.

في سن الحادية والعشرين، كانت سوارا على وشك الحصول على درجة الماجستير في الموسيقى من جامعة غوجارات. انتهى فحص ورقة سوارا النظرية. الآن ستنتظر امتحانها العملي النهائي. سيكون مجلسًا مفتوحًا أو حفلًا موسيقيًا يتم تنظيمه في قاعة الجامعة. ستتم دعوة جميع الأساتذة ومجتمع الطلاب من مختلف المواد وستقدم سوارا أدائها أمام الجمهور. سيحكم الفاحص الخارجي على أدائها قبل إعطاء الدرجات. سيتم أيضًا احتساب رد فعل الجمهور أثناء

عملية التحكيم. كما سيتم تنظيم الحدث بأكمله من قبل الطلاب الممتحنين للحكم على قدرتهم التنظيمية. كان الفخر والفرح الذي شعر به هيرينباي يفوق الكلمات. شعر بسعادة بالغة لرؤية حبيبته سوارا قد كبرت كمغنية ناجحة وسرعان ما ستنتهي امتحان الدراسات العليا.

وعد ماماجي لسوارا

في العائلات الهندية، إذا وصلت الفتاة إلى العشرينات من عمرها، فإن الأسرة والأقارب وحتى المجتمع يصبحون فضوليين بشأن خطة زواج الفتاة. لم يكن استثناءً في حالة سوارا أيضًا. لكن سوارا حددت لنفسها هدفًا مختلفًا. كانت قد قررت بالفعل الذهاب للبحث في الموسيقى الكلاسيكية الهندية وإكمال الدكتوراه في " Tansen gharana". كانت تعلم أن أفراد عائلتها سيضغطون عليها الآن للزواج والتسوية. لذلك في أحد الأيام انحصرت مع صديقتها وفيلسوفها ومرشدها الذي لم يكن سوى ماماجي.

قالت له: "ماماجي، أنت تعرف كم أعتمد عليك. طوال حياتي لم أعصك أبدًا. أياً كان ما قلته، فقد تبعته والعكس صحيح. الآن لدي طلب أو طلب منك. أعلم أنكم بدأتم تتحدثون عن زواجي. لكنك تدرك أنني أريد أن أصنع حياتي المهنية في الموسيقى. بعد تخرجي، سأسجل نفسي كباحث دكتوراه في الجامعة. لقد تحدثت بالفعل مع رئيس قسم الموسيقى لدينا. إنه مستعد لإرشادي. الحد الأدنى لمدة البحث المؤدية إلى الدكتوراه في جامعة غوجارات هو ثلاث سنوات. لذلك عليك اليوم أن تعطيني كلمة قد تأتي، لن تتفق مع أي شخص كلما تحدث أي من أفراد عائلتي عن زواجي".

فكر ماماجي للحظة. لم تطلب سوارا أبدًا أي شيء بهذه الشدة. ابتسم ووضع راحة يده اليمنى على رأسها وقال: "حسنًا، أعدك أنه خلال السنوات الثلاث المقبلة لن يضغط عليك أحد للزواج حتى تقرر خلاف ذلك. كن على يقين من ذلك. ولكن بعد ثلاث سنوات، سواء أكملت درجة الدكتوراه أم لا، عليك أن تستمع إلي. إذا وجدت تطابقًا مناسبًا لك، فعليك الموافقة على الزواج. أعطني كلمة". كانت سوارا سعيدة للغاية. أعطت كلمتها بسهولة. سمح هذا الدعم الثابت لسوارا بالتركيز بالكامل على دراساتها الموسيقية.

عائلة ماماجي

بعد فترة وجيزة من زواج مالاتيبين من دارمشبهاي وبعد مغادرتها لبدء حياتها الجديدة، شعرت هيرينبهاي بالوحدة في هذا العالم. كانت مالاتي هي التي تقدمت لتحمل مسؤولية زواج شقيقها. سرعان ما وجدت فتاة مناسبة من بيت أعمال. تزوجا مع الكثير من المرح.

كان هيرينباي ديساي شخصية معروفة في أحمد آباد، غوجارات. كان بطريرك مجتمع ديساي. ظلت جميع التجمعات الاجتماعية تقريبًا غير مكتملة دون المشاركة الإيجابية لهيرينباي. كان محسنًا أيضًا. كان يحتفظ بجزء من أرباحه لسداد ديون مجتمعه، مما أعطاه الاسم والشهرة والمكانة المحترمة. سواء كان زواج ابنة أب ضعيف ماليًا، أو تجديد معبد، كان هيرينباي دائمًا هناك بيده المساعدة. لم يرث روح والده الريادية ومسؤولية إدارة الأعمال العائلية في سن مبكرة للغاية فحسب، بل نقل عصا مسؤوليات العمل إلى ابنه القادر بهافيك. كان لدى هيرينباي طفلان ؛ الابن بهافيك والابنة كافيا.

دخل بهافيك بسلاسة في الأعمال العائلية، وأصبح الشريك الحاسم في مشروعهم المزدهر. كانت هيرينباي الموزع الوحيد لمنتجات غوفيند ميل من المنسوجات في ولاية غوجارات. وسع بهافيك أراضيه إلى راجستان أيضًا. قام هيرينباي وابنه بهافيك بتوسيع وتحديث الأعمال، ومزج القيم التقليدية مع الممارسات المعاصرة.

إن بهافيك ليس مجرد رجل أعمال ولكنه صاحب رؤية، ويبحث دائمًا عن طرق مبتكرة لتنمية المؤسسة. أكسبه نهجه الديناميكي وفطنته التجارية الحادة الاحترام في هذه الصناعة في سن مبكرة. على الرغم من التزاماته المهنية، لا يزال بهافيك مرتبطًا ارتباطًا وثيقًا بأسرته، مما يضمن بقاء روابطهم قوية وغير قابلة للكسر. لدى هيرينباي الآن ما يكفي من الوقت لتكريس أنشطته الخيرية والاعتناء بعائلة مالاتي خاصة سوارا.

كافيا ابنة هيرينباي أصغر من شقيقها بهافيك وابنة عمها سوارا. إنها تشترك في رابطة خاصة مع سوارا. الاثنان ليسا مجرد شقيقتين من بنات العم ولكنهما أفضل صديقتين. تكمل كافيا بشخصيتها الجذابة وقلبها اللطيف طبيعة سوارا التأملية والفنية. ويشكلان معًا الثقة والتفاهم المتبادلين. صداقة سوارا وكافيا هي حجر الزاوية في وئام

الأسرة. يتشاركون الأسرار والأحلام والتطلعات، مما يخلق مساحة آمنة حيث يمكنهم أن يكونوا ذواتهم الحقيقية. رباطهم هو مثال جميل على القوة التي تأتي من الثقة والتفاهم المتبادلين.

الفصل الثاني
عائلة ديف من أحمد آباد

عائلة ديف في أحمد آباد هي أسرة محترمة ومزدهرة، متجذرة بعمق في التقاليد الغوجاراتية مع احتضان تطلعات الحداثة. نحت السيد ديفانغبهاي والسيدة فالغوني ديف مكانة لأنفسهما في أعمال بيع السيارات في ماروتي، حيث لديهما أكثر من أربعين صالة عرض في كل مدينة من مدن غوجارات تقريبًا. لا تقتصر خبرته على المواصفات الفنية لجميع قطاعات المجموعة الواسعة من مركبات Maruty ولكنها تمتد إلى فهم الاحتياجات المتطورة لعملائه. وقد سمحت له هذه الفطنة بتوسيع أعماله بملايين الروبيات بشكل كبير على مر السنين. فلسفته التجارية متجذرة في الاعتقاد بأن رضا العملاء أمر بالغ الأهمية، وهو مبدأ غرسه في كل عضو من أعضاء فريقه الواسع. بناءً على طلب الجمهور، افتتح مؤخرًا صالة عرضه الخامسة والأربعين في غانديناغار، عاصمة ولاية غوجارات.

السيدة فالجوني ديف، ركيزة القوة والنعمة، تكمل براعة زوجها في العمل بعقلها المالي الحاد ومهاراتها التنظيمية الاستثنائية. تلعب دورًا محوريًا في إدارة الجوانب المالية للأعمال، مما يضمن سير عمليات الشركة بسلاسة وكفاءة. كان نهجها الدقيق في مسك الدفاتر والتخطيط المالي مفيدًا في نمو الأعمال واستقرارها. وهي ترأس قسم الحسابات في المنظمة. يشارك ديف أيضًا بعمق في العديد من الأنشطة المجتمعية، وغالبًا ما ينظم فعاليات خيرية من خلال نادي روتاري الذي انتخب مؤخرًا كزعيم لمنطقة شمال جوجارات. كما يشارك في البرامج الثقافية المحلية، كونه الراعي الرئيسي دائمًا، مما يعكس التزامه العميق بالمسؤولية المحلية.

تتمتع عائلة ديف بنمط حياة مريح، مما يشير إلى ثمار عملهم الشاق. منزلهم في أحمد أباد هو مزيج من وسائل الراحة الحديثة والجماليات التقليدية، التي ترمز إلى احترامهم للتراث واحتضانهم لوسائل الراحة المعاصرة. تحظى أكبر عضو في عائلة "با"، والدة ديفانجبهاي،

بالتبجيل من قبل كل فرد من أفراد العائلة. هناك بوجا غار جميلة مع آلهة عائلتهم رادا كريشنا مثبتة على قاعدة رخام منحنية بشكل جميل. إنها طقوس أنه قبل الخروج، يأخذ الجميع أولاً بركات من إلههم العائلي ثم يلمسون أقدام با من أجل بركاتها. تحظى عائلة ديف بتقدير كبير في مجتمعهم، وتشتهر بكرم الضيافة والكرم والعقل الخيري.

ابنهما الوحيد بارث موجود في الولايات المتحدة. اجتاز هندسة الكمبيوتر من معهد IIT مومباي وماجستير إدارة الأعمال من معهد IIM أحمد آباد المتخصص في التمويل. في سن مبكرة جدا، وقال انه يمكن تطوير البرمجيات في الشبكات لجيه بي مورغان تشيس، أكبر بنك في الولايات المتحدة التي ساعدت البنك على تأمين مكاسب مالية كبيرة. عرض عليه البنك في وقت لاحق وظيفة مستشار مالي لمنطقة آسيا والمحيط الهادئ. كان مركزًا ذا قيمة عالية مع الكثير من الامتيازات. كان بارث مرتبطًا جدًا بعائلته خاصة مع با. كان يزور الهند ليكون مع عائلته مرتين على الأقل في السنة. لكن في الآونة الأخيرة لم يعد بارث إلى المنزل منذ ما يقرب من عام. كما أنه لا يتحدث مع والده كما كان من قبل. هل يخفي شيئاً عنهم ؟ في أحد الأيام سأل با ابنه أنها تريد رؤية حفيده. عندما اتصل ديفانغبهاي بابنه بارث في الولايات المتحدة، تجنب التحدث مطولاً مستشهداً بأنه مشغول. أصبح ديفانغبهاي متوترًا. اتصل بكل من والدته با وزوجته فالغوني لوصف مأزقه. كونه الابن الوحيد للعائلة، كان بارث روحهم الثلاثة. لم يعرفوا أن بارث كان متورطًا بالفعل في مؤامرة حب. فيما يلي وصف موجز للظروف التي يمر بها بارث.

حب لورا التملكي

في إحدى الأمسيات الصيفية، حضر بارث حفلة فخمة أقامها مغناطيس الأعمال الثري للغاية السيد ريتشارد ويتمان. وهو أحد أكبر المستثمرين في بنك بارث. كان الحدث يعج بمن هم في العالم المالي ورجال الأعمال والمستثمرين والشخصيات المؤثرة. عندما تحرك بارث وسط الحشد، وأجرى محادثة مهذبة، لاحظ امرأة ملفتة للنظر في جميع أنحاء الغرفة. تعرف عليها ؛ لقد جاءت إلى مصرفه عدة مرات. كان اسمها لورا. كانت تدير منظمة غير حكومية للأنشطة الخيرية لعائلتها. ساعدها بارث في تعاملاتها المالية لإدارة

منازل المسنين الخمسة. كان دائما يقدر لها. في بعض الأحيان أراد أن يتعرف عليها أكثر لكنه لم يطلب منها نفس الشيء. اليوم كانت لورا تبدو مذهلة. لم يستطع إبعاد عينيه عنها. يمكن أن تتوقع لورا بحواسها السادسة شعور بارث تجاهها. أخذت زمام المبادرة واقتربت من بارث. على الرغم من أنهما كانا يعرفان بعضهما البعض، إلا أنهما لم يتكلما كثيرًا في وقت سابق. كان لدى لورا سحر سهل عليها، بشعرها الذهبي المتتالي على كتفيها وابتسامة يمكن أن تضيء الغرفة. كانت تنضح بالثقة والنعمة. عندما وجد لورا أمامه، كان مرتبكًا قليلاً. لقد نسي حتى أن يقول "مرحبًا" لها. مدت لورا المبتسمة يدها نحو بارث. صافحها بارث مثل رجل منوم مغناطيسيًا ولم يقل شيئًا. استطاعت لورا أن تتفهم توتره. ابتسمت وقالت: "مرحبًا، أنا لورا. لقد جئت إلى البنك الذي تتعامل معه من قبل. كلانا يعرف الآخر. هل يمكننا الجلوس في مكان ما وتناول فنجان من القهوة معًا ؟"

"أوه نعم. بالتأكيد، من فضلك تعال ". قادها بارث إلى طاولة زاوية كانت فارغة.

جلسوا معًا على الأريكة، وطلبوا القهوة لكليهما. لم ينطقوا بكلمة واحدة. كان كلاهما ينتظران أن يبدأ الآخر. جاء النادل وقدم القهوة. أعدت لورا القهوة لبارث وطلبت الحليب والسكر. قال بارث: "لا حليب، لا سكر". بالمناسبة، فضلت لورا أيضًا القهوة بدون حليب أو سكر.

"إذا لم أكن مخطئًا، فقد كنت تحدق بي لبعض الوقت. هل تريد أن تقول شيئًا يا سيد بارث ؟"

قبض عليه متلبسًا، قرر بارث ذو الوجه الأحمر عدم الاختباء بل الاعتراف.

قال: "نعم لورا، تبدين مذهلة الليلة لدرجة أنني لم أستطع أن أبعد عيني عنك. ولكن كيف يمكنك تخمين هذا ؟ هل تبعتني أيضًا ؟" أومأت لورا برأسها بالإيجاب. كان بارث سعيدًا جدًا. فجأة، نهض من الأريكة، وانحنى نحو لورا مدًا يده وقال: "دعونا الآن نقدم أنفسنا رسميًا. أنا بارث من أحمد أباد، الهند وأنا مرتبط بـ جي بي مورغان تشيس كمستشار مالي. أنا هنا في الولايات المتحدة منذ خمس سنوات

وأرغب في الاستقرار هنا". أمسكت لورا بيد بارث، وصافحت بقوة وقالت: "مرحباً، أنا لورا ويتمان. أنا الوريث الوحيد لإمبراطورية أعمال والدي ريتشارد ويتمان. أدير منظمة غير حكومية تهتم بكبار السن. أنا سعيد جدًا بمقابلتك. أنا معجب حقًا بسطوعك. يتحدث الناس عنك في الدوائر المالية. كان والدي يشير إليك أيضًا. ويريد مقابلتك أيضاً. سيكون سعيدًا جدًا إذا ذهبنا إليه وقلنا "مرحبًا". إذا لم يكن لديك اعتراض، فهل يمكننا الذهاب الآن ؟"

"لماذا لا، بالتأكيد، سيكون من دواعي سروري أن ألتقي بالسيد ويتمان. هيا بنا ". رد بارث على لورا.

بدأ كلاهما بالسير نحو وسط الغرفة حيث كان السيد ويتمان يتحدث مع نائب رئيس جي بي مورغان تشيس. ربما كان السيد ويتمان يراقب ابنته. بمجرد أن أدرك أن لورا كانت قادمة نحوه، أخذ إجازة من رفيقته وجاء نحو لورا وبارث. وبدلاً من مصافحة والد لورا، استقبل بارث السيد ويتمان بأسلوب هندي مع ضم راحتيه بالقرب من الصدر وقال: "ناماستي".

كان السيد ويتمان مستمتعًا بإيماءة بارث. لقد رد بالمثل أيضًا مثل بارث. بدأ بارث المحادثة. قال: "في الهند، كلما التقينا بشخص مسن لأول مرة، إما أن نلمس قدميه أو نحييه بيديه المطويتين. الآن مثلنا، دعونا نتصافح أيضًا ". مد بارث يده وقال: "أنا بارث من الهند". لم يصافح السيد ويتمان بارث فحسب، بل اقترب منه وعانقه وقال: "لورا تحدثت عنك، إنها معجبة بك. أنا أيضا معجب بك. أنت رجل لطيف يهتم بتقاليد العائلة القديمة. أنا منبهر للغاية ".

نظر ريتشارد نحو لورا وقال: "أنا معجب بصديقتك الجديدة. ادعوه إلى قصرنا يومًا ما. حسنًا يا سيد بارث، يجب أن أذهب للتحدث مع ضيوف آخرين. نأمل أن نراكم قريباً. إلى اللقاء، اعتنِ بنفسك". غادر السيد ويتمان المكان وذهب لمقابلة ضيوف آخرين.

القرب المرئي

خلال الأسابيع القليلة التالية، بدأ بارث ولورا في رؤية بعضهما البعض بشكل متكرر. في إحدى الأمسيات، دعت لورا بارث إلى

منزلها لتناول العشاء. عندما وصل بارث إلى هناك، اندهش عندما وجد قصر ريتشارد ويتمان المذهل الضخم. كانت لورا تنتظر في الخارج لاستقباله. مروا بالأمن ودخلوا. كان ريتشارد ويتمان ينتظر في غرفة المعيشة. كانت الإضاءة المتلألئة والديكور لغرفة المعيشة الواسعة كافية لإثارة إعجاب بارث. عرض عليه السيد ريتشارد الشراب. رفض بارث الشراب الصلب ؛ وبدلاً من ذلك اختار عصير البرتقال. بعد التحدث مع بارث وجمع المعلومات عن عائلته وأعمالهم، غادر ريتشارد الغرفة وتركهم هناك.

تأثرت لورا جدًا بتواضع بارث. اقتربت منه وجلست بجانبه على الأريكة. أمسكت بيده وقالت:

"بارث، لا أعرف كيف أخبرك. أنت أول شخص أحبه كثيرًا. أمريكا مجتمع مفتوح. هنا لا أحد يهتم بمن يقابل من. لقد قابلت الكثير من الشباب خلال تعليمي ومهنتي لكنني لم أشعر أبدًا بمثل هذا الشعور تجاه شخص مثلك. أنا لا أخفي أي شيء عن والدي. أمي لم تعد موجودة في هذا العالم. والدي هو كل شيء بالنسبة لي. أخبرته عنك قبل أن أقابلك في تلك الوظيفة. التقيت بك عدة مرات من قبل من أجل عملي المهني. لقد رأيتك تساعد كل من يأتي إليك. أنا معجب بطبيعتك الودية. قبل أن يمنحني والدي الإذن، استفسر عنك في مؤسستك. لدينا استثمارات ضخمة في هذا البنك. كان من دواعي سرورهم مشاركة معلومات عنك. وأشادوا بشخصيتك العامة وتفانيك في مهنتك. إذن فقط والدي هو من أعطاني الإذن لمقابلتك. بارث، دعني أعترف، ربما بدأت أحبك. ربما أحبك. ربما أتمنى أن أكون معك إلى الأبد. بما أنني لا أعرف ما هو شعورك تجاهي، فأنا مرتبك بعض الشيء. من فضلك أخبرني عن مشاعرك تجاهي. أنا حريص جدًا على السماع منك ".

أنهت لورا سردها الطويل وانتظرت رد بارث.

نظر بارث إلى لورا لبعض الوقت، وأمسك يدها بقوة وقال: "أنت تعرف لورا، أنا لست شخصًا منفتحًا. على الرغم من أنني أردت أن أخبرك عن شعوري، إلا أنني لم أستطع جمع الشجاعة. الآن بعد أن أخبرتني عن شعورك، أتمنى أيضًا أن أعبر لك عن أفكاري القلبية،

أحبك لورا. أتمنى أن أكون معك. هل يمكننا الزواج والعيش كزوج وزوجة إلى الأبد ؟"

أعرب بارث عن مشاعره دون أي تحفظ. فجأة، صمت بارث. بدأ ينظر نحو يدي لورا وأبقى أمي لفترة من الوقت. لاحظت لورا التغيير المفاجئ في سلوك بارث. سألت بارث عن السبب وراء ذلك. انتظر بارث لمدة دقيقة أو نحو ذلك وقال:

"لورا، أنت محظوظة لأنك بقيت مع والدك الذي يحبك كثيراً. أنا لست محظوظًا جدًا. والداي جواهر حقيقية. إنهم يحبونني كثيراً. علاوة على ذلك، جدتي التي نسميها با، محبوبة للغاية، لا يمكنني وصف شعورها تجاهي. أنا أحمق. لم أتحدث معهم عن أي شيء عنا. نحن عائلة أرثوذكسية. لست متأكدًا من رد فعلهم عندما يسمعون عنا. بادئ ذي بدء، يجب أن أبلغهم عنك وبعد ذلك فقط سأكون قادرًا على إعطائك موافقتي النهائية. أنا متأكد من أنك لن تمانع في انتظار ردي النهائي حتى أحصل على الإشارة الخضراء من والدي وبا ".

طلب بارث الاعتذار عن سلوكه. ابتسمت لورا وقالت: "لا بأس بالنسبة لي يا عزيزتي. اسأل والديك أننا نحب ونرغب في الزواج والاستقرار هنا. أبلغهم أيضًا أنني الوريث الوحيد لإمبراطورية والدي التي تبلغ قيمتها مليارات الدولارات. سيكون لك أيضًا. قد يثير إعجابهم ".

بعد العشاء، غادر بارث قصر ريتشارد. في طريق العودة، كان يفكر في الجملة الأخيرة من لورا. لم يكن إصرارها على إبلاغ والديه بثروة والدها لإقناعهما على ما يرام معه. أصبح مضطربًا ومرتبكًا. لم يستطع التحدث إلى والديه ولا يمكنه التحدث إلى لورا بحرية. كان ذلك هو الوقت الذي طلب فيه الاعتذار عندما تلقى مكالمة من والده. تجنب التحدث إلى عائلته.

في أحد الأيام، دعا ريتشارد ويتمان، والد لورا، بارث لإجراء محادثة خاصة. التقيا في مكتب ريتشارد، وهي غرفة كبيرة مليئة بالكتب الجلدية والأثاث العتيق. دخل السيد ريتشارد مباشرة في صلب الموضوع.

قال لبارث: "بارث، لقد رأيت مدى سعادة ابنتي لورا معك. عائلتنا لديها الكثير من النفوذ والموارد. إذا قررت أنت ولورا الزواج، فسوف نضمن لك الوصول إلى الفرص التي يمكن أن تجعل ثروتك تتجاوز مليار دولار".

فوجئ بارث بالعرض. لقد كان دائمًا طموحًا، ولكن بشروطه الخاصة. كان احتمال وجود مثل هذه الثروة الهائلة مغريًا، لكنه جعله أيضًا غير مرتاح. وشكر السيد ريتشارد على عرضه لكنه أوضح أن قراراته لم تكن مدفوعة بالمال وحده. أعجب ريتشارد ببارث مرة أخرى.

مفاجأة صادمة

كان والد بارث ديفانغبهاي مرتبكًا ومتوترًا. كانت هذه هي المرة الأولى التي لم يكن فيها بارث صريحًا معه. لا يخفي أي شيء عن عائلته. كان آخرون في العائلة، وهم فالغونيبين وبا أيضًا في معضلة. ماذا يمكن أن يحدث لبارث؟ هل هو بخير؟ هل هناك أي فتاة؟ يا إلهي! طلبت با على الفور من ابنها ديفانغبهاي أن يطلب من شخص ما في الولايات المتحدة معرفة الحقيقة. لم يضيع ديفانغبهاي الوقت. اتصل بابن عمه مايانكبهاي في الولايات المتحدة وأعطاه تفاصيل بارث. طلب منه أن يكتشف الحقيقة. عرف مايانكبهاي بارث منذ طفولته. كان بارث زائرًا منتظمًا لمنزله في أمريكا. في الآونة الأخيرة لم يأت إلى منزله. أصبح فضوليًا أيضًا. طلب من ابنه جيجار التحقيق ومعرفة الحقيقة. عندما أبلغ جيجار أنه يعرف أن بارث شوهد مع فتاة أمريكية في العديد من الأماكن العامة، وبخ مايانكبهاي ابنه لعدم إبلاغه بهذا الأمر في وقت سابق. لم يجادل جيجار والده لأنه كان شائعًا جدًا في الولايات المتحدة. على أي حال، أكد لوالده أنه سيكتشف قريبًا تفاصيل الفتاة. في غضون أسبوع، أتت الفرصة. كان هناك تجمع للجالية الهندية للاحتفال بيوم استقلال الهند. من بين أمور أخرى، جاء بارث مع لورا. كان الجميع سعداء للغاية لرؤية لورا تنضم إلى الوظيفة. بناءً على طلب الجمهور، قدم بارث لورا معطياً إياها خلفيتها العائلية. ريتشارد ويتمان هو اسم كبير. لذلك فوجئوا عندما وجدوا أن بارث كان يواعد ابنة قطب

الأعمال. جاء جيجار إلى بارث ولورا. قدم لها بارث ابن عمه. التقطوا صورة جماعية. لم يكن بارث يعلم أن هذه الصورة ستصل قريبًا إلى والده في الهند.

عندما رأى ديفانغبهاي صورة بارث مع فتاة أمريكية، بدأت ساقاه تهتزان. كاد ينهار على الأريكة. بعد بعض الوقت عاد إلى الحواس وأصبح طبيعياً. قرر جميع أفراد الأسرة عدم السماح لبارث بإدراك أن عائلته في الهند تعرف كل شيء عنه وعن لورا. كونهم من خلفية عائلية أرثوذكسية، كانوا قلقين بشأن تورط ابنهم الوحيد مع أجنبي. كانوا قلقين بشأن اختلافاتهم الثقافية وتأثيرها على تقاليد أسرهم. وبعد العديد من المداولات فيما بينهم، قرروا التدخل. دون إبلاغ بارث، سافر والداه إلى الولايات المتحدة لمقابلة بارث ومناقشة الأمر. لم يطلبوا حتى من بارث المجيء إلى المطار لاصطحابهم. وصلوا إلى منزله مباشرة. كان بارث يستعد للذهاب إلى مكتبه. كان على وشك المغادرة عندما رن الجرس. لم يصدق بارث عينيه عندما رأى فجأة والديه يقفان عند الباب.

هتف بارث، "واو!! يا لها من مفاجأة! كيف جئت إلى هنا دون إبلاغي حتى ؟ هل كل شيء على ما يرام ؟"

وبارك ديفانغبهاي وفالغونيبين ابنه عندما لمس أقدامهما. لم يقولوا أي شيء. قال ديفانغبهاي لابنه: "يجب ألا تتأخر عن مكتبك. عندما تعود، سنتحدث ".

خرج بارث لإحضار سيارته. ذهب إلى المكتب. خلال وقت الغداء اتصل بوالده ليسأله عما إذا كانوا قد تناولوا الغداء الذي طلبه في وقت سابق. لم يجد شيئًا غير عادي في سلوكهم. كما اتصل بلورا وأبلغها بوصول والديه. كانت لورا متحمسة وطُلب منها تحديد اجتماع لعائلته معها. في المساء عندما عاد بارث، أعطته والدته فنجانًا من القهوة. جلسوا معًا وبدأوا محادثتهم.

سأل فالغونيبين ابنه، "هذه هي المرة الأولى التي تفوتك فيها القدوم لرؤية با في يونيو الماضي. كانت تفتقدك كثيراً. هل كنت مشغولاً للغاية لتخطي زيارتك المنتظمة ؟" لم يتلق بارث الرد. لم يستطع مغادرة لورا والذهاب إلى الهند حتى لمدة أسبوعين. التزم الصمت.

كسر ديفانغبهاي الصمت وسأل بارث، "هل لديك أي شيء لتكشفه أو تقوله لنا يا بني ؟"

ظل بارث صامتًا. لم يستطع جمع الشجاعة لقول الحقيقة عن لورا. الآن حان دور الأم للتدخل. أخرجت صورة وسلمتها إلى بارث وسألت، "من هذه الفتاة معك ؟"

كانت تلك صورة عيد الاستقلال التي التقطها ابن عمه جيجارباي. صُدم بارث لرؤية تلك الصورة. كيف تأتي هذه الصورة مع والديه! لقد لعن جيجارباي بسبب هذا الفعل من الخيانة. اكتسب بارث قوته للتحدث إلى والديه.

بدأ، "انظر إلى كل من الأب والأم، واستمع بعناية إلى ما أقوله. الفتاة في الصورة هي لورا. وهي تدير منظمة غير حكومية تعتني بكبار السن. وهي ابنة قطب الأعمال الملياردير السيد ريتشارد ويتمان. لديهم حصة كبيرة في مصرفنا. هكذا التقيت بها. إنها صديقة جيدة جدًا لي وكلانا نحب بعضنا البعض. إذا وافقت، يمكننا وضع اللمسات الأخيرة على هذا التحالف ".

كاد ديفانغبهاي يدمر ولم يقل شيئًا لابنه. يبدو أن كل شيء قد انتهى. لم يهتم ابنه بمشاعرهم. ماذا عن (با)؟ كيف سيكون رد فعلها ؟ با تحب حفيدها أكثر من نفسها. إنه روحها. إذا سمعت هذا، فسوف تموت في وقت غير مناسب. لا. لا. هذا لا يمكن أن يحدث. لا ينبغي أن يتحقق هذا التحالف. عليهم اتخاذ الخطوات المناسبة لإقناع لورا بالخروج من هذه العلاقة. قرر كلا الوالدين التعامل مع هذا الموقف بلباقة. طلبوا من بارث تحديد اجتماع مع عائلة ويتمان.

شعرت بالارتياح أخيرًا

بعد اليومين التاليين، وصل جميع أفراد عائلة ديف إلى ضيعة ويتمان للحوار. لقد فوجئوا بفخامة عالم لورا. كان هناك اختلاف كبير في خلفية كلتا العائلتين. سيعتقد أي شخص أنه محظوظ إذا أصبح ابنه صهرًا لهذا النوع من العائلات، ولكن ليس ديف. بدأ الاجتماع بالتحية. لقد كانت علاقة رسمية. أثنى والدا بارث أولاً على لورا لمظهرها وعملها الاجتماعي لرعاية المسنين. ثم أعربوا عن قلقهم

إزاء الاختلاف الثقافي بينهما. هناك القليل من الأشياء المشتركة بين الثقافتين. حاولوا إقناع السيد ويتمان بأنه ستكون هناك العديد من التحديات المحتملة بسبب زواجهما بين الثقافات. من ناحية أخرى، سلط والد لورا الضوء على احترامهم لبارث ورغبته في دعم الزوجين. حاول إقناع أن عددًا قليلاً جدًا من الناس في هذا العالم سيبدأون حياتهم المهنية بأصول بمليار دولار. بعد الكثير من النقاش، أصبح من الواضح أن والدي بارث يصران على موقفهما. كانوا يعتقدون أن بارث سيكون أكثر سعادة مع شخص يشترك في نفس الخلفية والقيم الثقافية. كان بارث مقيدًا بتعويذة. كان يحب لورا لكنه أحب عائلته أكثر من أي شيء آخر. لقد احترم دائمًا رغبات والديه. وجد نفسه في مفترق طرق، يكافح من أجل اتخاذ قرار. انتهى الاجتماع إلى قرار غير حاسم بالجلوس معًا مرة أخرى. بعد عدة جولات من المحادثات والاجتماع بين لورا وبارث، عندما وجدت لورا أن رغبة العائلة كانت أكثر أهمية بالنسبة لبارث، قررت احترام قراره والانفصال.

في اجتماعهم الأخير، قالت لورا لبارث: "بارث، أحبك كثيرًا. أريدك أن تكون سعيدًا، بغض النظر عن أي شيء. والداك لطيفان للغاية. إذا كان التواجد معي يعني أنك ستتمزق بين عائلتك وبيننا، فربما نحتاج إلى إعادة النظر في علاقتنا من جديد ".

كلاهما يعرف الحقيقة في تلك الكلمات. مع وجود قلوب ثقيلة ودموع في العينين، قرروا الانفصال، مدركين أن الحب في بعض الأحيان يعني التخلي. شعر والدا بارث بالارتياح عندما وافق ابنهما على إنهاء العلاقة مع لورا.

جلس كل من ديفانغبهاي وفالغونيبين مع بارث وأقنعاه أنه بعد رؤية صورة لورا، تدهورت صحة با، وهذا هو السبب في أنهما اضطرا إلى القدوم إلى هناك على الفور. الآن تريد أن ترى زوجة ابنها الكبرى في أسرع وقت ممكن. لم يكن لدى بارث خيار سوى الموافقة. قال: "حسنًا، عد، أصلح لي فتاة، سأكون هناك في الهند لمدة شهر، سأتزوج تلك الفتاة وأعود معها. هل كل شيء على ما يرام بالنسبة لك ؟" كان ديف سعيدًا جدًا، ووافقوا وقالوا: "يمكننا أن نفعل شيئًا واحدًا. سنقدم إعلانًا في الصحيفة الإخبارية، وسنرى

بعض الفتيات، ثم سنضع قائمة مختصرة لك لرؤيتهن. أنت أيضًا ترى فتيات مدرجات في القائمة المختصرة وتضع اللمسات الأخيرة على إحداهن. سيتم إجراء حفل الزواج وفقًا للطقوس الفيدية، وبعد ذلك أنت حر في فعل ما تريد ".

وافق بارث على اقتراحهم. في اليوم التالي ذهب بارث إلى المطار لرؤية والديه. بقلب مثقل عاد إلى شقته.

الفصل الثالث
عائلة بهات من مانيناغار

في ضاحية مانيناغار الصاخبة، أحمد أباد، عاشت عائلة تجسد المزيج المثالي من التقاليد والحداثة – عائلة بهات. كان كيوربهاي بهات رب الأسرة رجلًا يتمتع بالنزاهة والدفء. كانت زوجته، هيتالبين، مثالاً للنعمة والحكمة. لقد بنوا معًا حياة مبنية على الحب والاحترام والدعم المتبادل. لقد تزوجا بسعادة لمدة ستة وعشرين عامًا، وهي رحلة مليئة بالأحلام المشتركة والرفقة الوثيقة.

كان كيوربهاي رجل أعمال ناجحًا، يدير شركة متوسطة الحجم تتعامل في المعدات الزراعية. حظيت شركته بتقدير كبير في جميع أنحاء ولاية غوجارات، والمعروفة بمنتجاتها عالية الجودة والخدمة الموثوقة. على الرغم من الطلب على إدارة الأعمال، فقد وفر كيوربهاي دائمًا الوقت لعائلته لضمان عدم شعورهم بالإهمال أبدًا. من ناحية أخرى، كان Hetalben مرساة الأسرة. أدارت المنزل بعناية فائقة، وخلقت بيئة دافئة وراعية لابنتهما الوحيدة سانجيتا. كانت هيتالبين مهتمة بالموسيقى ونقلت هذا الشغف إلى سانجيتا، التي كانت تسعى الآن للحصول على درجة الماجستير في الموسيقى. ازدهر حب سانجيتا للموسيقى تحت إشراف والدتها وأصبحت موسيقية بارعة في حد ذاتها. ترعرعت سانجيتا، ابنة بهات الطويلة والرشيقة بأقصى درجات الحب والمودة. في سن الثانية والعشرين كانت تضرب امرأة شابة، مليئة بالحياة والطموح. كان ارتفاعها الشاهق مصدرًا للفخر وأصبح جزءًا من هويتها. غرس فيها والداها قيم العمل الجاد والتواضع والرحمة. ورثت سانجيتا إصرار والدها وإبداع والدتها، مما جعلها فردًا جيدًا. كانت حياة سانجيتا متشابكة بعمق مع أفضل صديقاتها سوارانجالي. لقد كانا لا ينفصلان منذ الطفولة، ويشاركان كل فرح وحزن، وكل سر وحلم. كانت سوارانجالي أكثر من صديقة ؛ كانت أختًا في الروح. كانت روابطهم غير قابلة للكسر، مبنية على سنوات من الثقة والتجارب المشتركة.

لقد تجولوا معًا في صعود وهبوط الحياة، ووجدوا دائمًا القوة في بعضهم البعض. كان سوارانجالي أيضًا يدرس في نفس فصل سانجيتا في السنة النهائية للماجستير في الموسيقى الكلاسيكية الهندية في جامعة جوجارات.

كان منزل بهات في مانيناغار ملاذاً للسعادة. كان المنزل مزيجًا جميلًا من الهندسة المعمارية الغوجاراتية التقليدية ووسائل الراحة الحديثة. كان مكانًا يتردد فيه صدى الضحك في القاعات، وملأت رائحة طبخ هيتالبن اللذيذ الهواء. في أوقات أخرى، كانت الألحان الموسيقية للثنائي بين الأم وابنتها يتردد صداها في جميع أنحاء المنزل. احتفلت العائلة بالمهرجانات بحماس كبير، ودعت الأصدقاء والأقارب للانضمام إلى الاحتفالات. كان وجود سوارانجالي أمرًا لا بد منه في تلك المناسبات. كان ديوالي شأناً كبيراً بشكل خاص، حيث تزين المنزل برانجولات نابضة بالحياة وأضواء متلألئة.

على الرغم من سعادتهم، كان هناك جزء من قلب سانجيتا يتوق إلى شيء أكثر من ذلك. استقر العديد من أبناء عمومتها في الخارج، وواصلوا حياتهم المهنية وبناء حياتهم في بلدان أجنبية. ملأت القصص التي شاركوها خلال زياراتهم للهند سانجيتا بشوق لاستكشاف العالم خارج جوجارات. كان لديها أيضًا رغبة في الاستقرار في الخارج، لتجربة الفرص والمغامرات التي كانت تنتظرها هناك. كان حلم سانجيتا بالانتقال إلى الخارج موضوع العديد من المحادثات في وقت متأخر من الليل مع سوارانجالي. كانوا يجلسون على الشرفة، تحت السماء المرصعة بالنجوم، ويتحدثون عن تطلعاتهم. كانت سوارانجالي مصدرًا دائمًا للتشجيع، حيث ذكّرت سانجيتا دائمًا بإمكانياتها والإمكانيات التي تنتظرها. وازنت سوارانجالي بطبيعتها الراسخة والعملية بين نظرة سانجيتا الأكثر حالمة ومثالية. بعبارة أخرى، كانت سوارانجالي امرأة ذات توجه مهني وتحلم بالحصول على درجة الدكتوراه في الموسيقى الكلاسيكية الهندية، ولهذا كانت مستعدة لتأجيل زواجها حتى يتحقق ذلك ؛ من ناحية أخرى، كانت سانجيتا حريصة على إكمال درجة الماجستير في الموسيقى الكلاسيكية الهندية للتأكد من حصولها على رجل من الهنود الحمر كزوج لها حتى تتمكن من الذهاب إلى بلد أجنبي والاستقرار هناك. دعم Keyurbhai و Hetalben طموح

سانجيتا بكل إخلاص. لقد شجعوها دائمًا على اتباع أحلامها، إيمانًا بقدراتها. كل من سوارانجالي وسانجيتا على استعداد للشروع في رحلتهما الموسيقية لتحقيق أحلامهما.

إعلان زواجي

في يوم من الأيام، رأى والد سوارانجالي دارمشبهاي، عن طريق الصدفة، إعلانًا في عمود التايمز أوف إنديا الزوجي. أخذ دارمشبهاي تلك الورقة لزوجتها وعرضها عليها.

كان الإعلان كالتالي:

"نحن نبحث عن عروس لابننا، مهندس كمبيوتر وماجستير في إدارة الأعمال من IIM Ahmedabad، مستشار مالي بأجر مرتفع في بنك مرموق في الولايات المتحدة. عائلتنا راسخة وذات سمعة طيبة في أحمد أباد وتشارك في مشاريع تجارية واسعة النطاق. يزور ابننا الهند لمدة أربعة أسابيع بنية الزواج والعودة إلى الولايات المتحدة مع العروس.

سيتم التعامل مع المناقشات الأولية من قبلنا، ومن قبل والديه، وسيقابله المرشحون المختارون للاختيار النهائي. سيتم عقد الزواج رسميًا في غضون أسبوع من الاختيار النهائي، وسيغادر العروسان حديثًا إلى الولايات المتحدة بعد ذلك بوقت قصير.

سيتم إعطاء الأفضلية للعرائس الطويلات الوسيمات اللواتي لديهن معرفة بالموسيقى. يتم تشجيع العرائس المحتملات من العائلات المحترمة على الاتصال بنا على الفور على +91 - xxxxxx - xxxxxx".

شعر كلاهما بسعادة غامرة. سوارانجالي، ابنتهما الوحيدة تبلغ من العمر 22 عامًا فقط، وستظهر في الفصل الدراسي الأخير من ماجستير الموسيقى، الشهر المقبل من جامعة غوجارات، أحمد أباد. إنها طويلة وجميلة المظهر.

"هل نمضي قدمًا دون علم سوارانجالي ؟ سأل دارمشبهاي زوجته.

"ستقتلنا سوارانجالي إذا علمت أن والديها يفكران في زواجها. أجابت والدة سوارانجالي.

كان تحذيرًا صارمًا من سوارانجالي أنه قبل أن تبلغ الخامسة والعشرين، لن يتحدث شخص واحد عن زواجها. كانت سوارانجالي ابنة أخ ماماجي المفضلة. لقد أكد أنه لن يزعجها أحد حتى توافق.

اتصلت والدة سوارانجالي بأخيها.

"مرحبًا"، كان عم سوارانجالي لأمه هيرينباي.

"موتابهاي، الأمر عاجل وطارئ على حد سواء. قالت والدة سوارانجالي لأخيها الأكبر. توفي والدها في وقت مبكر. اعتنى هيرينبا بأخته. إنه يحبها كثيراً.

"ماذا حدث يا أختاه ؟ هل حدث أي خطأ في المنزل ؟كان ماماجي فضولياً.

"موتابهاي، يرجى الاطلاع على إعلان الزواج اليوم في توي. إنها فرصة لطيفة للغاية لتجربة سوارانجالي. حثت والدة سوارانجالي.

"ماذا ؟ تقصد بالنسبة لسوارانجالي ؟ هل تعلم، لقد أخبرتها أنه لن يزعجها أي شخص خلال السنوات الثلاث المقبلة ؟ كيف يمكنني أن أخلف وعدي ؟عبر ماماجي عن موقفه. لكن والدة سوارانجالي كانت مصرة ولا يستطيع ماماجي رفض طلب أخته. قال إنه سيعود.

الفصل الرابع
الاجتماع السري

بعد نصف ساعة، جاء ماماجي نفسه إلى منزل سوارانجالي. كان الجميع سعداء للغاية.

قالت ماماجي، "يجب أن نحاول. لا نحتاج إلى قول أي شيء لسوارانجاليت الحاضر. سنتصل بالشخص الذي تمت طباعة رقم هاتفه في الإعلان.

كان السيد والسيدة دارمشبهاي سعداء لرؤية أن ماماجي قد نسي الكلمة التي أعطاها لسوارانجالي. تقرر أن تتم جميع المحادثات من منزل ماماجي، حتى لا يكون لدى سوارانجالي ذرة من الشك.

غادر ماماجي إلى منزله. وفقًا للخطة، اتصل ماماجي بالرقم في نفس المساء. كان الهاتف مشغولاً. بعد بعض الوقت، اتصل مرة أخرى، ومرة أخرى تم تشغيل الهاتف. وهذا يعني أن عددًا كبيرًا من والدي العروس قد شاهدوا الإعلان. في حوالي الساعة الثامنة ليلاً، يمكنه الحصول على الشخص من الطرف الآخر.

بعد التحية، سأل ماماجي عن الإعلان.

قال ديفانغبهاي، والد باث، الذي قدم الإعلان، إن الهاتف كان يرن باستمرار. لم يكن يعرف كيفية معالجة الوضع. سأل ماماجي عما إذا كان بارث قد أعطى أي تفضيل للعروس.

"ليس الكثير، فقط الفتاة يجب أن تكون طويلة وإذا أمكن، يمكنها الغناء. أجاب ديفانغبهاي على أنه أمر واقعي.

كاد ماماجي يصرخ "مرحى". لم يستطع ماماجي السيطرة على عواطفه.

قال: "سوارانجالي طويل القامة وسيصبح ماجستير في الموسيقى قريبًا".

أصبح ديفانغبهاي فضوليًا. "هل هو كذلك ؟ ما هو عمرها ؟"

استفسر.

أجاب ماماجي: "اثنان وعشرون".

"رائع". تابع، "انظر يا هيرينباي، أنا معجب حقًا بمعلوماتك. أتمنى أن أرى الفتاة قبل أن يأتي بارث للاختيار النهائي. أنت تعرف هيرينباي، في هذه الأيام، يساعد الآباء فقط. لا ينهون المباراة للأبناء أو البنات. إذا كنت لا تمانع، هل يمكنني رؤية سوارانجالي في أقرب وقت ممكن؟" أصبح ماماجي متوترًا.

أخبر ماماجي السر لديفانجبهاي، "سوارانجالي لا تعرف أننا نبحث عن عريس لها. لذلك حتى لو رتبنا للاجتماع، فيجب أن يكون غير مباشر. يجب ألا تتلقى إشارة تفيد بأن شخصًا ما يراقبها. إذا كنت توافق على Devangbhai، فيمكننا ترتيب شيء ما قريبًا. وافق ديفانغبهاي على المبدأ.

في الوقت الحالي، انتهت المحادثة.

اتصل ماماجي على الفور بأخته وأخبرها بالتقدم. كانوا سعداء للغاية. تقرر أن يذهبوا إلى معبد وأن يأتي السيد والسيدة ديفانغبهاي أيضًا إلى نفس المعبد لتقديم العبادة.

مقابلة أفضل صديق:

كما ذكرنا سابقًا، كانت زميلة سوارانجالي وصديقتها المقربة، سانجيتا أيضًا جميلة وطويلة القامة. في منزلها لم يُخف عنها أي شيء. عرفت أن والديها كانا يبحثان عن عريس لها. كانت تعرف أيضًا أنه في الآونة الأخيرة، ظهر إعلان وكان والداها يتحدثان مع الطرف الآخر. كانت سوارانجالي أعز صديقاتها. لذلك، لم يكن هناك جدوى من إخفاء أي شيء عنها. ستخبر سوارانجالي عن التحالف.

قالت سانجيتا لسوارانجالي بعد انتهاء الفصل: "لدي أخبار لك".

"إيه! هل وقعت في حب شخص ما أم ماذا؟ سأل سوارانجالي.

"لا، أنا لست محظوظاً إلى هذا الحد. سيأتي زوجان يدعى السيد والسيدة ديفانجبهاي إلى منزلي هذا المساء لرؤيتي من أجل ابنهما.

"واو! هذه أخبار رائعة. كاد سوارانجالي أن يقفز.

"ابنهما قادم من الولايات المتحدة للزواج. بعد الزواج، سيعود مع عروسه." قالت.

وقالت أيضًا: "سيرى الوالدان الكثير من الفتيات ويعدان قائمة قصيرة. عندما يأتي ابنهما من الولايات المتحدة، سيلتقي بجميع الفتيات المدرجات في القائمة المختصرة ويقرر من سيتزوج. بعد الزواج، في غضون ثلاثة أسابيع، سيعود كلاهما إلى الولايات المتحدة.

"واو! سيكون ذلك رائعاً. لا يوجد سبب لعدم اختيارك في المقام الأول. إنه حلمك دائمًا أن تذهب إلى بلد أجنبي وتستقر هناك. يبدو أن أحلامك ستتحقق قريبًا. لا تنسونا بعد الذهاب إلى الولايات المتحدة.قال سوارانجالي لسانجيتا. كلاهما كانا يضحكان. ذهبوا مرة أخرى إلى الفصل الدراسي.

أعطت والدة سانجيتا بعض التعليمات في اللحظة الأخيرة لها. قالت لسانجيتا: "لقد أعطاك الله أعظم فرصة لتحقيق حلمك. يجب ألا تفوتك. يرجى اتباع تعليماتي. أولاً يجب أن تنحني لتلمس قدمي كليهما. ثم اطلب منهم الجلوس. حتى لو طلبوا منك الجلوس، لا تجلس على الفور. قف في مكان قريب وانتظر تعليماتهم. كن مهذباً طوال الاجتماع. أجب عن أسئلتهم ببطء وبشكل صحيح. حظا سعيدا، بارك الله فيك ". أبقت سانجيتا أمي ببساطة، وابتسمت وأومأت برأسها بالإيجاب.

في المساء، تم تنظيم برنامج رؤية العروس في منزل سانجيتا. رحب بهم والدا سانجيتا وبدأوا في الاستفسار عن سانجيتا. نظرًا لأن العريس كان طويلًا، فقد أكدوا ارتفاع سانجيتا. كانوا سعداء لمعرفة أن سانجيتا يمكن أن تغني وتؤدي ما بعد التخرج في الموسيقى. كانت نقطة زائد. أحضرت سانجيتا الشاي للضيوف. ركعت أمام الضيوف، مذهولة. طرح الزوار

عدة أسئلة أجابت عليها سانجيتا بشكل جيد. كان السؤال الأخير مسلياً.

سأل ديفانغبهاي سانجيتا، "هل يمكنك إعطاء وجهة نظرك حول نظام الأسرة المشتركة ؟"

كانت سانجيتا مستمتعة. مع العلم جيدا أن ابنهما سيبقى في الولايات المتحدة، والله أعلم كم سنة، لا يزال الوالدان يناقشان حول نظام الأسرة المشتركة. لكن سانجيتا كانت ذكية للغاية وقدمت سردًا حول فوائد مفهوم الأسرة المشتركة. كان والدا بارث منبهرين للغاية. قبل مغادرتهم، قال ديفانغبهاي: "نحن سعداء جدًا بالتحدث عن الألعاب. سنقوم بإدراجك في القائمة المختصرة، حتى يضع بارث اللمسات الأخيرة عليها.

كانت سانجيتا سعيدة للغاية. أرادت مشاركة هذا الخبر مع أعز صديقاتها سوارانجالي

اللقاء الأول

في يوم الأحد القادم، في الصباح الباكر، جاء ماماجي إلى منزل سوارانجالي مع عائلته. كان الجميع سعداء لرؤيتهم. لكن سوارانجالي لم يفاجأ برؤية ماماجي قادمًا مبكرًا. من خلال قراءة وجه سوارانجالي، يمكن لماماجي تتبع عقلية سوارانجالي.

قال ماماجي للجميع: "انظروا جميعًا ؛ اليوم هو يوم ميمون جدًا للورد كريشنا. دعونا نذهب جميعا إلى أكشاردام، غانديناغار، بما في ذلك أنت سوارانجالي." كل شيء متفق عليه باستثناء سوارانجالي.

ساعد ماماجي ابنته كافيا لإقناع سوارانجالي بمرافقة العائلة. وافقت سوارانجالي على مضض، حيث كان لديها بعض العروض التقديمية للمشروع يوم الثلاثاء في جامعتهم. كان من المقرر ترتيب مهفيل صغير، لدعوة جميع معلمي وطلاب قسم الموسيقى، حيث ستقدم سوارانجالي وصديقتها سانجيتا أرقامهما.

أحضر ماماجي سيارته الرياضية متعددة الاستخدامات إنوفا، وجلس والدا سوارانجالي في الصف الأوسط، وجلست ماما ومامي في المقدمة وجلس سوارانجالي وكافيا وبهافيك في الخلف. في غضون ساعة، وصلوا إلى معبد أكشردام. كان ماماجي نشطًا جدًا للحصول على كوبونات لبراساد وتم الانتهاء من الإجراءات الرسمية الأخرى. دخلوا جميعًا المعبد وذهبوا إلى أجنحة القاعة الرئيسية.

أشار ماماجي إلى أخته وذهب بعيداً. كانوا جميعًا مشغولين بالصلاة ثم جلسوا للتأمل لبعض الوقت. لم يكن سوارانجالي على علم بأن والدي بارث كانا يراقبانها من مسافة بعيدة. كان ماماجي معهم أيضًا. يمكن لماماجي أن يخمن أن ديفانجبهاي كان معجبًا بسوارانجالي. بدون فعل الكثير، أعلنوا أن سوارانجالي مدرجة في القائمة المختصرة وسيقوم بارث بإنهاء الأمر. بعد مغادرتهم، انضم ماماجي إلى المجموعة وأشار مرة أخرى إلى أخته حول تأكيد القائمة المختصرة. نظرًا لأن سوارانجالي كان لديه المشروع وكان في عجلة من أمره للذهاب، فقد وافق الجميع على العودة بعد أخذ براساد. تم إغلاق المسألة في الوقت الحالي. كالعادة، أبلغ سوارانجالي عن رحلتهم إلى معبد أكشاردام، غانديناجار إلى سانجيتا. في اليوم التالي، أبلغت سانجيتا سوارانجالي عن تجربتها في مقابلة الزفاف. في الواقع، وبخ سوارانجالي سانجيتا لأنها أقامت معرضًا لها أمام بعض الأشخاص المجهولين. لكنهم استمتعوا بمفهوم القائمة المختصرة. على أي حال، قرر سوارانجالي أن يكون مع سانجيتا، عندما ستجري المقابلة النهائية. بعد ذلك انشغلوا بمشروعهم.

في ذلك اليوم المحدد، هبط بارث في مطار أحمد أباد. كان والداه هناك لاستقباله. كان ماماجي يراقب من مسافة بعيدة. كان هناك رجل وسيم طويل القامة يلمس أقدام ديفانغبهاي وزوجته. عانق كل من الأب والأم ابنهما. غادر ماماجي المطار بصمت. جاء مباشرة إلى أخته وأظهر صورة بارث التي التقطها في هاتفه. كان الجميع سعداء للغاية لرؤية صورة

بارث. صلى ماماجي، "فليغسل الله بركاته على سوارنجالي".

بعد يومين، تلقى والدا سانجيتا مكالمة للجلسة الأخيرة. تم تحديد الوقت بموافقة متبادلة وجاء بارث ووالديه إلى منزل سانجيتا. ذهبت سانجيتا مرة أخرى إلى صالون التجميل لتصفيف شعرها والمكياج. أعطتها والدتها ساريًا اشترته لهذه المناسبة في اليوم الآخر. تتذكر سانجيتا مدى صعوبة اختيار ساري لتزيينها. ثم اضطرت إلى الذهاب إلى خياط لإعطاء قياس لقميصها، الذي كان لسوء الحظ رجلاً نبيلاً. كان الأمر محرجًا للغاية.

على أي حال، مهما كانت الصعوبة، لا يوجد أحد يفهم مأزقها. بعد بضعة أشهر، سوف تحصل على درجة الماجستير. شعرت أنها حيوان في السيرك على وشك تقديم عرض خاص أمام ثلاثة جماهير. كون سيد الخاتم والدتها ومدير السيرك هو والدها، لم يكن للحيوان أي رأي سوى اتباع الأوامر على أنها مدربة. كان التمرد الداخلي يطلب منها أن تكون قوية بما فيه الكفاية. لكنها فضلت أن تبقى صامتة لسببين. أولاً، منذ طفولتها، كان لديها حلم بالذهاب إلى بلد أجنبي والاستقرار هناك، وثانياً، إذا تم الانتهاء من هذا الزواج عن طريق الصدفة، فستحصل على زوج وأصهار جيدين للغاية. سيكون هناك استقلال مالي أيضًا. لذلك، إذا كان هناك احتمال أن يتم منحك الكثير من الأشياء الجيدة، فإن الأمر يستحق المحاولة. جمعت حماسة إضافية لتقديم عرض أفضل. ربما طلبت الغناء. أنهت أغنية، وأبقت الهارمونيوم جاهزًا في الزاوية.

في الساعة الخامسة مساءً، كما هو مقرر، وصل الزوار إلى منزل سانجيتا.

مرحبًا ديفانغبهاي وبن. مرحبا بارث، كيف حالك ؟ من فضلك تعال. رحب والدا سانجيتا بالضيوف. كانت عائلة سانجيتا مهتمة بمعرفة الوضع المالي لبارث.

سأل والد سانجيتا بارث، "بارثباي، كيف هي الحياة في الولايات المتحدة ؟" كان بارث يعرف القصد من وراء هذا السؤال.

أجاب: "يا عم، إذا كان الشخص لديه وظيفة ذات راتب مرتفع ولديه فيلا شخصية خاصة به ليقيم فيها، فإن الحياة هناك أفضل بكثير من أي بلد في العالم".

ثم انخرطوا في محادثة خفيفة. في بعض الأحيان، كان يسمع ضحكاتهم من الغرفة، حيث كانت سانجيتا تنتظر الإشارة. ظهرت الأم نفسها على الساحة لإعطاء التعليمات النهائية تدريجياً. سمعت سانجيتا باهتمام شديد كل كلمة. تحدثت وأومأت برأسها عند الانتهاء من كل جملة. ثم ذهبوا إلى المطبخ للحصول على الصينية مع الشاي والوجبات الخفيفة للجميع. اتبعت سانجيتا تعليمات والدتها تدريجياً.

الخطوة 1: جاءت ببطء بوتيرة الحلزون داخل الغرفة وأبقت الشجرة على الطاولة.

الخطوة 2: عرّفها سيد الخاتم على المجموعة، وبعد ذلك انحنت لكلا الوالدين للمرة الثانية واستقبلت بارث بيديها المطويتين.

الخطوة 3: ذهبت إلى الزاوية القريبة ووقفت ساكنة وعيناها لأسفل لترى قدميها. التقت أصابع الإبهام في كلتا الساقين ببعضها البعض.

الخطوة 4: انتظرت الطلب التالي من الحشد لأخذ موقعها على الأريكة.

الخطوة 5: جاء الأمر من والد العريس وجلست على المقعد المحجوز بالقرب من بارث.(حتى الآن لم يُطلب منها رؤية بارث بشكل صحيح).

تبدأ المقابلة: تبدأ بمعظم الأسئلة السخيفة والتكرار الكامل للمقابلة السابقة.

س 1: والد بارث:اسمك سانجيتا. أليس كذلك ؟

الجواب1: نعم.

س 2: والد بارث مرة أخرى: أنت على وشك إكمال الماجستير

في الموسيقى ؟

الجواب2: نعم.

س3: والد بارث: متى يكون امتحانك النهائي ؟

الجواب3: خلال شهر أيار من هذا العام.

س4: والد بارث: ما هو تخصصك ؟

الإجابة4: تارانا.

هذا جعل والد بارث أمًا. المحاور الآن هو والدة بارث.

س 1: والدة بارث: هل يمكنك الطهي ؟

الجواب1: نعم.

س 2: والدة بارث: ما هي الأشياء التي تطبخها ؟

الإجابة2: شباتي، خضروات، دال، أرز.

Q3:Parth's

الأم: أي خضروات تفضلين أكثر ؟

الجواب3: جميع الخضروات خلقها الله، لذلك أحبها كلها.

غيرت والدة بارث مجال تحقيقها.

س4: والدة بارث: هل يمكنك الخياطة ؟

الجواب4: نعم أستطيع، لكن لا حاجة لها هذه الأيام.

س5: والدة بارث: هل يمكنك الغناء ؟ (كان هذا مضحكا)

الجواب5: نعم أستطيع. (بطريقة ما سيطرت سانجيتا على ضحكها).

قاطع مدير السيرك "أطلب منكم جميعًا تناول الشاي من فضلكم".

أعطى الجميع استراحة إلى سانجيتا وركزوا على الشاي والوجبات الخفيفة.

بعد إحدى عشرة دقيقة، استؤنفت الجلسة. هذه المرة احتل بارث مركز الصدارة. بدأ بسرد. "مرحبًا، أنا بارث، مهندس برمجيات من معهد IIT بومباي وماجستير في إدارة الأعمال من معهد IIM أحمد أباد. أنا في الوقت الحاضر مع جي بي مورغان تشيس كمستشار مالي ومكان عملي هو مدينة نيويورك في الولايات المتحدة. من الناحية المالية، أنا سليم تمامًا وأحب الموسيقى، على الرغم من أنني لا أستطيع الغناء. الشيء الوحيد الذي يختلف في نمط الحياة في الهند والولايات المتحدة هو أنه يتعين على المرء أن يفعل كل شيء دون توقع أي مساعدة من أي جهة. لذلك، لدي سؤال واحد فقط للتأكيد.

طرح بارث السؤال الوحيد على سانجيتا، "هل أنت مستعد لتكييف نمط حياة صعب معي؟ المشقة ليست على الإطلاق بمعنى الاقتصاد ولكن نمط الحياة فقط ".

تأثرت سانجيتا. أومأت برأسها فقط. لم تتكلم بشيء. انتهت المقابلة. شكر ديفانغبهاي والدي سانجيتا وقال: "سيتم إصدار الحكم النهائي بمجرد إجراء مقابلات مع جميع المرشحين المختارين. قائمة الانتظار والجدول الزمني جاهزان، لذلك لا مجال للتأخير".

لقد رحلوا. شعرت سانجيتا بالارتياح والسعادة. كانت حريصة على إرسال كل الأحداث إلى سوارانجالي، لأنها لم تستطع المجيء. لم تكن سوارانجالي تعلم أن ماماجي حرصت على عدم حضور مقابلة سانجيتا الرسمية مع عائلة بارث. دعا عائلتها إلى منزله لتناول العشاء في نفس اليوم. كان ماماجي حذراً للغاية

ثم في أحد الأيام، طُلب من سوارنجالي الاستعداد للذهاب إلى ماكدونالد في منطقة سرخيج في أحمد أباد، لحضور حفلة، رتبها ماماجي. لم تكن تعرف المؤامرة الثانية وراء هذا البرنامج. نظرًا لأن كلا من والد ووالدة بارث كانا يعرفان أن الفتاة المعنية لا تعرف عن برنامج "رؤية الفتيات" ولأنهما التقيا بالفعل مرة واحدة من مسافة بعيدة، دع بارث الآن يرى

الفتاة ودعه يعطي رأيه إما للتوقف أو للمضي قدمًا. وبناءً على ذلك، سيخططون.

لذلك، كان الوضع، لم تستطع سانجيتا إعطاء الوصف، ما حدث في منزلها ولم تعرف سوارانجالي ما سيحدث لها في المستقبل القريب جدًا.

كان هناك شيء واحد صحيح تمامًا. كان العامل X لسوارانجالي أكثر وضوحًا وجاذبية من سانجيتا. مما يعني أن القصة الآن قد تدور حول العامل X. وهذا ما حدث بالضبط.

من طاولة أخرى لاحظ بارث سوارانجالي وقال لوالديه "إذا كانت هذه الفتاة مستعدة لهذا التحالف، فقم بإنهاء هذه الفتاة. لن أرى أي فتاة أخرى حتى تحصل على الحكم النهائي من هذه الفتاة. دون إضاعة الوقت، تحدث إلى ماماجي واختتم اجتماعًا بيننا. أود أن أتحدث معها. ومن أجل الله، يرجى عدم إلقاء تلك الأسئلة السخيفة عليها. سأتعامل مع الأمر بنفسي، إذا سمحت لي بذلك ".

سمحوا لابنهما بكل إخلاص. الآن الأمر متروك لماماجي الذي يجب أن يشارك بنشاط في ترتيب اجتماع بين هذين الاثنين. عاد ماماجي من نزهة قصيرة (استدعاه والد بارث ديفانجبهاي من خلال إشارة العين) وجلس على الطاولة. بدأ تمثيل ماماجي. وفجأة، رأى صديقه المقرب للغاية ديفانغبهاي على طاولة أخرى وصرخ، "آري ديفانغبهاي، كيم تشو ؟" باللغة الغوجاراتية.

ثم قال على عجل لوالدي سوارانجالي إن ديفانجبهاي صديقه المقرب للغاية.

ثم سأل: "هل أدعوهم للانضمام إلينا ؟"

كان نصًا مثاليًا. هيرينباي نفسه، كونه المضيف، لم يكن هناك جدوى من الاعتراض على هذا الاقتراح. وافقوا جميعًا. بحماس، ذهب ماماجي إلى ديفانجبهاي ودعا العائلة للانضمام إلى الحفلة. تم ضم طاولة أخرى وجلس الجميع معًا. طلب ماماجي وجبة غداء فاخرة من 4 أصناف.

بحلول الوقت الذي تم فيه تبادل التحيات، وصل البادئ على الطاولة. بدأ سوارانجالي وكافيا وبهافيك في التوزيع على الجميع. كانت ماماجي ذكية للغاية. لقد حرص على أن يكون سوارانجالي دائمًا بالقرب من بارث. وبطبيعة الحال تم تعيين سوارانجالي لخدمة عائلة بارث في كل وجبة. الآن جاء دور ماماجي لتقديم بارث للجميع.

بدأ خطابه، "مرحباً بالجميع. قابل صديقي العزيز ديفانغبهاي ديف وفالجوني ديف أخي. سأقدم أيضًا ابنهما الوحيد بارث، الذي جاء للتو من الولايات المتحدة. يأتي إلى هنا من حين لآخر لمقابلة والديه ومعرفة الثقافة الهندية من منظور مختلف. الهليكوبتر لاحترام كبار السن ومحاولة إبقائهم سعداء. ديفانغبهاي محظوظ جدًا لأن لديه مثل هذا الابن اللطيف. على الرغم من أن بارث يكسب الكثير ويمتلك بالفعل فيلا كبيرة في الولايات المتحدة، إلا أنه ليس لديه غرور على الإطلاق. إنه لطيف ".

توقف ماماجي ثم بدأ مرة أخرى، "والآن يا ديفانجبهاي، اسمح لي أن أقدم أختي مالتيبين وصهري دارمشبهاي. ها هي زوجتي هيتال وهذان الطفلان لي، كافيا وبهافيك. وها هي، ابنة أختي المفضلة، سوارانجالي، الابنة الوحيدة لأختي. سوارانجالي سيدة متعددة الاستخدامات تتمتع بالعديد من الصفات. قريبا ستصبح ماسترز في الموسيقى.

سمع والدا بارث وبارث جرس الإنذار يرن. ربما، قبل بضع ساعات، كانوا مع منزل صديق سوارانجالي. وما الذي كان يفكر فيه سوارانجالي؟ تذكرت بشكل غامض اسم بارث الذي جاء والداه لرؤية صديقتها المقربة سانجيتا. "هل هما نفس العائلة ؟ سألت نفسها.

على أي حال، لا شيء يمكن أن يمنع ماماجي الآن من القيام بحركة ذكية. لقد أخذ الكثير من الأفعوانية لجعل هذا الحدث يحدث. لا مجال للتراجع عن هذه النقطة الزمنية. دعا ماماجي سوارانجالي جانباً قليلاً.

قال لسوارانجالي: "انظر سوارانجالي، أعلم أنك لن تتزوج لمدة عامين آخرين".

صحح سوارانجالي على الفور، "ماماجي، لقد مرت ثلاث سنوات. ليس اثنين. ولكن لماذا تسأل ذلك فجأة ؟"

"حسنًا، الآن، لدي طلب لأقدمه. أنا متأكد من أنك لن تخيب أمل ماماجي الخاص بك.تابع ماماجي.

أصبحت حاسة سوارانجالي السادسة نشطة. الآن يمكنها تذكر اسم بارث. ذهب والداه فقط إلى منزل سانجيتا. الله أعلم، حتى بارث رأى سانجيتا أيضًا.

"اسمعيني جيداً. سأتصل بهذا الصبي. تحدث إليه. إذا كنت تشعر أن هذا الصبي مناسب ليكون زوجك، وإذا كان يشعر أيضًا بنفس الطريقة، وإذا كان مستعدًا للانتظار لمدة عامين، فيمكننا وضع اللمسات الأخيرة على شيء ما.

"ثلاث سنوات"، قام سوارانجالي مرة أخرى بتصحيح ماماجي. "لكن لماذا يجب أن أتحدث معه الآن ؟"

حاول ماماجي إقناعها. انظر، إنه فتى لطيف. وهو من IIT ويعمل في الولايات المتحدة. أعرف تلك العائلة منذ وقت طويل. إنها عائلة جيدة جدا، صدقوني. أعدك بأننا لن نكرهك أو نزعجك لمدة ثلاث سنوات. فقط حافظ على كلمتي وتحدث معه من أجلي. وإذا كنت لا ترغب في التحدث بعد مرور بعض الوقت، فقل له وداعًا وعد. هذا كل ما في الأمر ".

فكر سوارانجالي، هناك معنى في وجهة نظر ماماجي. أيضًا، لن تؤذي أبدًا مشاعر ماماجي العزيزة عليها. تم تقديم جميع المظالم والمطالب إليه منذ طفولتها وحقق جميع رغباتها. عليها أن تفي بوعد ماماجي. وافقت بشروط على التحدث إلى بارث. أظهرت لماماجي أصابعها الثلاثة للإشارة إلى عدد السنوات. كان ماماجي سعيدًا. أشار إلى الجميع وطلب من بارث أن يأتي. كان الجميع سعداء.

الاجتماع المباشر الأول

جاء بارث إلى طاولة مختلفة في الزاوية البعيدة ؛ جاء سوارانجالي مع ماماجي. قدمهم ماماجي مرة أخرى لبعضهم البعض وغادروا. أراد سوارانجالي أن يسأل عن سانجيتا.

ولكن قبل أن يتمكن سوارانجالي من قول أي شيء، بدأ بارث أولاً، "مرحباً، سوارانجالي، أنا بارث. لقد جئت من الولايات المتحدة لغرض خاص. أنا لا أتكلم الأكاذيب ولا أسمع الأكاذيب. اسمحوا لي أن أكون صريحا وصادقا معكم. لقد جئت إلى هنا لمدة ثلاثة أسابيع للزواج. إذا حصلت على فتاة مناسبة، فسأتزوج وأعود إلى الولايات المتحدة مع زوجتي. لذلك، قبل أن آتي إلى هنا، طلبت من والديّ تقديم إعلان لتحالف التوفيق ؛ قم بعمل قائمة مختصرة ثم سألتقي بهم ".

توقف ثم بدأ مرة أخرى "صباح اليوم، ربما ذهبت لرؤية فتاة تدعى سانجيتا. إنها فتاة لطيفة. كنت قد قررت أن أقول "نعم" لها ولكن والدي طلبوا مني مقابلتك. لقد رأوك في معبد أكشاردام قبل بضعة أيام. ماماجي الخاص بك هو جوهرة شخص وهو يحبك كثيرًا. لقد بذل الكثير من الجهد لتحقيق هذا الاجتماع. إنه ليس صديقًا مقربًا لوالدي على الإطلاق. إنه يفعل هذا النوع من الأشياء لأجلك فقط. على الرغم من أنني لا أحبها، لكن هذه كذبة حلوة. لقد قابلت أربع خمس فتيات بالفعل. أحببت سانجيتا أكثر قبل أن أراك. لا أعرف ما الذي ألهمني لأقول لك هذا، ولكن إذا كنت تشعر أنني لست مناسبًا لك، فيمكن الآن إغلاق المفاوضات. لقد انتهيت. الآن حان دورك. أطلق النار ".

تحدث سوارانجالي مع الكثير من الفتيان في الحرم الجامعي. لم تكن فتاة خجولة على الإطلاق. بعد سماع الوصف الذاتي الطويل لبارث، كانت مستمتعة ومذهلة. لطالما أحبت شخصًا وحيد التفكير يتمتع بفكر وفهم واضحين للغاية. كان صادقا ولم يخف شيئا. كان بإمكانه أن يبقي عمل ماماجي سراً، لكنه لم يفعل ذلك. لم يكن ليتحدث عن سانجيتا أيضًا. لكنه فعل. بدأت تحب ماماجي أكثر من أي وقت مضى. يا له من رجل غير

أناني! لقد عمل بجد لجعل حياة سوارانجالي أفضل. تذكرت تململ ماماجي في معبد أكشاردام في اليوم الآخر.

بدأت محادثتها بابتسامة، "أنا سعيد لأنك صادق للغاية. نعم، أنا أحب ماماجي ويمكنه فعل أي شيء من أجل سعادتي. لا أجد أي سبب لرفضك. بل أعجبتني طبيعتك وسلوكك في هذه الفترة القصيرة من الزمن. لكن لدي ارتباكين متميزين. أولاً، لقد رأيت صديقي المقرب سانجيتا، الذي أعجبك. وثانياً، قررت عدم الزواج قبل ثلاث سنوات. ماماجي وجميع أفراد عائلتي يعرفون هذا القرار. الآن أخبرني ماذا يجب أن أفعل ؟"

قال بارث: "انظر، لا أستطيع الانتظار لمدة ثلاث سنوات كما اقترح ماماجي. ثانياً، حتى لو قلت "لا" لي، لا يمكنني الزواج من سانجيتا. من الأفضل أن أعود إلى الولايات المتحدة وأترك كل شيء لله. لن أتكلم بالكذب. أنا معجب بك أكثر من صديقك.

لا يمكنني المساومة على حياتي. أنت حر في قول "لا" بسبب صديقك وهذا جيد بالنسبة لك. تعجبني روحك. لكن هذا لا يمكن أن يغير قراري بعدم الزواج من سانجيتا. إنها فتاة لطيفة جدا. إنها ذكية وجميلة للغاية. ولكن لا يوجد سبب لقول نعم إذا كنت لا أشعر بذلك. حتى الآن عليك أن تقرر. كل ما تقوله، وأنا على استعداد لقبول. لكن لا تطلب مني الزواج من صديقتك. لن أفعل ذلك، أنا آسفة ".

"هل ستمنحني بعض الوقت لأقرر ؟ سأل سوارانجالي: "إنه قرار كبير بالنسبة لي".

"هل تسأل عن الوقت ؟ بكم ؟ أنت تعلم أن الغرض من مجيئي إلى الهند هذه المرة هو الزواج والذهاب مع زوجتي. ذكّر بارث سوارانجالي.

"نعم،لكنك قلت الآن، إذا قلت "لا"، فستعود دون الزواج من أي شخص. فأين ضيق الوقت ؟سأل سوارانجالي مرة أخرى.

"ولكن إذا قررت أن تقول "نعم "، إذن ؟سألها بارث.

لم يكن سوارانجالي مستعدًا لهذا. الآن أصبحت متوترة. طلبت

من بارث أن يطلب فنجانًا من القهوة. أرادت كسب الوقت. بدأت تفكر فيما إذا كانت ثلاث سنوات أطول مما كانت تعتقد. شكرت ماماجي. لم تعرف لماذا شكرته. كلاهما كانا أمي لبعض الوقت. جاء النادل مع صينية من القهوة.

أعد سوارانجالي القهوة لبارث، وسأل عن السكر. قال بارث: "واحد". وضعت سوارانجالي مكعبًا من السكر ؛ وأضافت الحليب، وقدمت القهوة إلى بارث وأخذت واحدة لها. كلاهما لم يتكلما لبعض الوقت. كلاهما يعرف ذلك، جميع الرجال الآخرين في ذلك الجانب من الغرفة يراقبون أنشطتهم بدقة.

كسر سوارانجالي الصمت. "أعطني بعض الوقت ليوم واحد. سأعلمك غدًا قبل العاشرة صباحًا. يجب أن أتحدث إلى سانجيتا ".

أجاب بارث على الفور، "بدلاً من يوم واحد، تستغرق يومين. لكنك لن تتحدث عن هذا مع سانجيتا في هذه اللحظة. كل شيء سيتعرض للخطر. أنت تعطيني كلمة. إنها لا تعرف أننا رأينا بعضنا البعض. على العكس من ذلك، أنت تعرف أنني رأيتها. سيكون الأمر محرجًا جدًا بالنسبة لك. في الوقت نفسه، لا أريدك أن تتحدث بأي شيء غير صحيح. لذلك من الأفضل أن تتجنب التحدث معها بشأن هذه المسألة ليوم واحد."

فكر سوارانجالي، هناك معنى في تفكيره. كانت الساعة الثالثة بعد الظهر. قالت: "دعونا ننضم إلى المجموعة. من فضلك لا تقل أي شيء لهم الآن. وافق بارث. أعطاها بطاقة زيارته وقال: "في حال كنت تريد أي توضيح، هذا هو رقمي في الهند".

انضموا إلى المجموعة. تناول الجميع وجبة غداء جيدة جدًا دون أي ضغوط. كان سوارانجالي حرًا تمامًا مع والدي بارث. كسر بارث الصمت، "حسنًا، دعني أخبرك أن سوارانجالي طلبت يومًا واحدًا للرد، وسننتظر قرارها." بعد تبادل التحيات، غادروا إلى منازلهم.

أخيرًا انكسر الجليد

بعد الوصول إلى المنزل، أول شيء فعله سوارانجالي هو جعل جميع الشيوخ يتجمعون. بدأت، "الآن أنا أطرح بعض الأسئلة عليكم جميعًا. ستجيب بـ "نعم" أو "لا". "كان الجميع ينظرون إلى بعضهم البعض. لكنهم ظلوا صامتين.

"أخذتني إلى أكشردام، لتريني لوالدي بارث ؛ أليس كذلك ؟"

جميعهم ظلوا صامتين.

"ماماجي، إنهم ليسوا أصدقاءك المقربين على الإطلاق. لقد خدعتني ؛ أليس كذلك ؟أبقى ماماجي أمي.

"وأنت، يا أبي وأمي العزيزين، كنتما تعرفان هذا منذ البداية أنه كان تطابقًا مثاليًا في تناول الغداء مع العائلة الأخرى ؛ أليس كذلك ؟" أبقى الجميع صامتين مرة أخرى.

"لماذا ذهبتم جميعًا إلى الوضع الصامت ؟ إيه ؟"

قال ماماجي: "الصمت يعني الإيجاب. ألا تعرف ؟"هذا يعني أن جميع إجاباتنا هي" نعم ". أليس كذلك؟"

"نعم" قال كل شيء.

لم تستطع سوارانجالي إطالة وجهها الغاضب. ابتسمت. "كيف أصبحتم جميعًا ممثلين لطفاء ؟ لا أستطيع تخمين أي شيء".

قفز الجميع الآن على سوارانجالي.

"أخبرنا، كيف وجدت الصبي ؟ سأل ماماجي.

"ما الذي كنت تتحدث عنه ؟ استفسرت والدة سوارانجالي.

"هل قال شيئًا عنك ؟ لماذا طلبت الوقت ؟سألها والد سوارانجالي دارميشبهاي.

قالت كل شيء ببطء وبشكل منهجي باستثناء حلقة سانجيتا.

"ماذا قررت الآن ؟ سأل ماماجي سوارانجالي.

"ماماجي، أخبرني، لماذا أنتم جميعًا في عجلة من أمركم ؟ لقد وعدتني بعدم إزعاجي لمدة ثلاث سنوات وبدأت تزعجني في

غضون ثلاث ساعات ؟ انظر، يجب أن أفكر. إنه غير مستعد للانتظار كما أخبرتني يا ماماجي. لدي بعض الخطط الخاصة بي. [NEUTRAL]: لدي مهنتي الخاصة. لكن بارث صبي لطيف وأنا أحبه ؛ في الوقت نفسه أنا مرتبك. أعتقد أنكم جميعًا سعداء الآن ؟"

"أنا ذاهبة إلى غرفتي. من فضلك لا تتصل بي. دعني أفكر وأتخذ قرارًا. وماماجي، مهما كان قراري ستدعمني. حسناً ؟

ذهبت إلى غرفتها، وأغلقت الباب وجلست على سريرها. وضعت رأسها على ركبتيها وأغلقت عينيها. جاء بارث أمام عينيها. تذكرت إيماءاته وحديثه. كان بارث شخصًا ناضجًا وحساسًا وصادقًا. كان هذا هو الانطباع الأول. كان ذلك مهمًا جدًا. لكنه قال أنه سيذهب مع زوجته. وهذا يعني، إذا أصبحت زوجته، يجب أن أذهب معه ؟ ثم ماذا عن امتحاني والمهنة ؟ لا أستطيع التضحية بحياتي المهنية من أجل الزواج! يبدو أن والديه عاقلان للغاية. قد يقنعون بارث بالسماح لي بالمثول للفحص.

التفاعل الأول

"اسمح لي ؟" يا إلهي! بماذا أفكر ؟ فكر سوارانجالي. "سوارانجالي، تعال إلى الأرض". نهضت على عجل وذهبت إلى الطاولة حيث احتفظت بحقيبة يدها. فتحت حقيبتها ببطء

وأخرجت بطاقة. كانت البطاقة التي قدمتها بارث في حال أرادت بعض التوضيحات. نعم، كانت بحاجة إلى بعض التوضيحات.

لم تكن متأكدة مما إذا كان يجب عليها الاتصال به. قد يبدو الأمر غريبًا جدًا. لم تكن متأكدة من اتصالها. جاء تدليك. فتحته.

كان لبارث. "مرحباً، هل بدأت بالتفكير أم لا ؟ هل تناولت العشاء ؟ اعتنِ بنفسك،إلى اللقاء. أحب سوارانجالي استفساره. لا بد أنه مؤذٍ أيضاً. كانت تفكر،بماذا ترد. لكنها كانت مرتبكة بسعادة.

أجابت: "نعم، لقد بدأت في التفكير. لكنني قد أحتاج إلى مساعدة شخص ما لاتخاذ القرار. أنا في غرفتي أنتظر دعوة العشاء. بعد مجيئي من ماكدونالد، وبخت كل من خدعني. لكنهم سعداء. ماذا عن عشائك ؟ شكراً على اهتمامك. اعتنِ بنفسك، إلى اللقاء ".

جاء الرد، "يمكنني مساعدتك في اتخاذ القرار المناسب والصحيح. بعد العشاء، سأنتظر مكالمتك. من فضلك اتصل بي. إنه طلب. وأنا أيضاً أريد بعض التوضيح، وداعاً".

كان سوارانجالي في عقلين. ما إذا كان ينبغي عليها مراقبة فترة الانتظار لمدة ثلاث سنوات أو لا ينبغي عليها انتظار الزواج. كيف تتعامل أيضًا مع سانجيتا ؛ عندما تعرف أن بارث هو نفس الشخص الذي كانت تتحدث معه سوارانجالي، ماذا سيكون رد فعلها ؟ لم يكن سوارانجالي يعلم أن عائلة بارث قد أبلغت بالفعل عائلة سانجيتا أنها غير قادرة على المضي قدمًا وطلبت منهم تقديم عذر. لذلك كان هذا الفصل قد انتهى بالنسبة لعائلة بارث حتى الآن كانت سانجيتا قلقة. عندما سمعت نداء كافيا، عادت إلى وعيها.

على مائدة العشاء، افتتح ماماجي الموضوع. الآن بعد أن استقرت سوارانجالي، أرادوا معرفة طريقة تفكيرها. كانت مرتبكة. قالت فقط، لقد أحببت الصبي لكنني لم أكن أعرف ما

إذا كان يجب أن أقول "نعم". "حاول الجميع تبرير عملية التوفيق. كما أعربوا عن أسفهم لعدم الكشف عن أي شيء لها في البداية. لم يقل سوارانجالي أي شيء. كانت تفكر في بارث. أرادت أن تتحدث معه. لكنها لم تكن متأكدة تمامًا. بعد العشاء، ذهبت إلى غرفتها لتقدم ليلة سعيدة للجميع.

لم تستطع النوم وهي تفكر في بارث. فكر، قد يفكر فيها. هل كان يعتقد أنني فتاة مجنونة ؟ هل يجب أن أتصل به ؟ رأت الساعة. كانت الساعة 10.30 ليلاً. هل كان من اللائق الاتصال به في هذا الوقت المتأخر ؟ هل كان بارثا نائمًا الآن ؟ الكثير من الأشياء كانت تتحرك في ذهنها. وصلت رسالة. "أنا في انتظار مكالمتك." لقد كان بارث. كانت سعيدة. نهضت على السرير. لم يكن بارث نائماً. كان ينتظر مكالمتي. حسناً. دعني أتصل به.

اتصلت ببارث وأجابها: "مرحباً سوارانجالي، دعني أعطيك بعض المعلومات. لقد أبلغ والداي بالفعل صديقك أننا لن نتابع. لذا يرجى الاسترخاء الآن. سأتحدث إلى صديقك إذا لزم الأمر. الآن أخبرني، ما الذي يدور في ذهنك ؟"

"في الواقع، كنت أفكر في امتحاني. إنه في شهر مايو. إذا تزوجنا وإذا ذهبت إلى الولايات المتحدة معك، فماذا سيحدث لفحصي ؟ لذلك، كنت أفكر، إذا كان من الممكن تأجيل الزواج وإصلاحه بعد فحصي." سوارانجالي بعض كيف أكملت جملتها.

"لا، هذا غير ممكن. سأخبرك بالسبب. تقدمت بطلب للحصول على تأمين عائلي من الشركة. لقد وافقوا. يجب أن أريهم شهادة زواجي وسيحتاجون إليك هناك لصورتنا المشتركة كدليل. فيما يتعلق بالفحص، يمكنك العودة بعد الانتهاء من الإجراءات الرسمية. يتم تقديم هذا العرض مرة واحدة في السنة. لذلك، إذا فشلت في الحصول على هذا الآن، فقد أفتقده لمدة عام أو أكثر. لا أعرف متى سأحصل على إجازة طويلة مثل هذه. لذلك لا تقلق بشأن فحصك، ستكون مسؤوليتي. يمكنك أن تأخذ كلمتي. حاول بارث إقناعها.

"ما زلت مترددًا. كم من الوقت سيستغرق إكمال هذا الإجراء الرسمي ؟" قال سوارانجالي بعصبية.

"لا أستطيع أن أقول العدد الدقيق للأيام. لكن لا ينبغي أن يستغرق الأمر أكثر من أربعة إلى خمسة أسابيع ". أجاب بارث على الهاتف.

توقف سوارانجالي وقال: " بارث، قد يبدو الأمر مضحكًا. لكن يجب أن أقول هذا الآن. أنا معجب بك كثيراً ".

"واو! شكرا"، أجاب بارث.

"هل آتي إلى منزلك غدًا وأجلس على ركبتي وأقول، أتمنى أن أتزوجك، وهل ستكونين زوجتي ؟ حتى لو لم تكن قد دعوتنا بعد إلى منزلك ". حاول بارث سحب الساق.

"حسنًا، سأطلب من والدي التحدث إلى والديك، صباح الغد. وماماجي، الذي يدعي أنه يعرفك منذ طفولتك، سيتحدث أيضًا إلى والديك. الآن، فات الأوان. اعتنِ بنفسك، تصبح على خير، إلى اللقاء ". أجاب سوارانجالي.

ضحكتا وحاولتا ليلة سعيدة وعلقت سوارانجالي هاتفها وذهبت للنوم، ونامت جيدًا.

دعوة ماماجي

في صباح اليوم التالي، أمسكت سوارانجالي بماماجي.

واجهته، "ماماجي، ما هذا، كان بارث يشكو من أنك لم تدعهم حتى إلى منزلنا ؟ هل هذا صحيح يا ماماجي ؟ الآن مهمتك الأولى هي دعوتهم بشكل صحيح وترتيب الترحيب المناسب. هل فهمت ؟"

كان ماماجي ينظر إلى ابنة أخيه المحبوبة. في غضون يوم واحد، أصبحت ناضجة. بدأت تقاتل من أجل عائلة مجهولة. قال ماماجي لإغاظتها، ماذا عن فترة استراحتك لمدة ثلاث سنوات وخطة بناء حياتك المهنية ؟

"اللعنة على هذه الوعود. اعمل بجد حتى تتمكن من إرسالي إلى الولايات المتحدة في أقرب وقت ممكن. هل تفهمين ؟"

"لقد فهمت يا أمي. لقد فهمت ". اعترف ماماجي.

كان والدا سوارانجالي يراقبان القتال. كانوا يحدقون في بعضهم البعض. الوقت قصير جدا. اتصلت مالتيبين بأمي سوارانجالي، وطلبت منها الحصول على أرقام الهاتف وعنوان جميع أقاربها لدعوتهم بمجرد إغلاق المفاوضات. استعد ماماجي في وقت قصير للذهاب إلى منزل بارث لدعوتهم شخصياً لتناول الغداء في منزل سوارنجالي. وأوعز إلى جميع كبار السن بترتيب غداء جيد للغاية وإلى جميع الصغار الثلاثة لجعل المنزل جذابًا. كما قال ماماجي إنه سيحضر هدايا مناسبة لهم. لا داعي للقلق على الإطلاق. أبلغت سوارانجالي سانجيتا أنها ستأتي إلى الجامعة بعد وقت الغداء. لم تقدم أي تفسير.

في الحادية عشرة، ظهر الضيوف الثلاثة في منزلهم. لم يصل ماماجي بعد ومعه الهدايا. تم الترحيب بوالدي بارث من قبل آباء سوارانجالي من خلال وضع تيلاك الأحمر على جبهتهم. رحب سوارانجالي وكافيا وبهافيك ببارث. جلب بارث الكثير من الهدايا. تم جلب هذه الهدايا من الولايات المتحدة. جاء ماماجي مع العديد من الحزم. تم تبادل جميع الهدايا من قبل الطرفين.

ذهب بارث وسوارانجالي وكافيا وبهافيك إلى الشرفة. ترك الحكماء للمناقشة والتخطيط حول الزواج. يوم الثلاثاء،أقامت سوارنجالي مشروعها "مهفيل". لذلك، يوم الأربعاء، تم الانتهاء من حفل "تبادل خاتم الخطوبة". بعد أربعة أيام فقط، سيتم عقد الزواج. ماماجي ذكي بما يكفي للتحدث بالفعل مع صديقه الذي لديه مانغال كاريالايا في منزل مزرعته بالقرب من سولا، على بعد حوالي خمسة عشر كيلومترًا من مدينة أحمد أباد. هذه المسافة لا شيء في المدن الكبيرة.

طُلب من العروس والعريس الاستعداد للتسوق. طلبت

سوارنجالي عذرًا لأنها اضطرت للذهاب إلى الجامعة من أجل مشروعها. كان من المقرر أن ينتهي المشروع بحلول الساعة الرابعة مساءً. بعد ذلك، كان سوارانجالي حرًا في مرافقة بارث. بعد الغداء، تبادل الجميع التحيات وغادروا إلى منزلهم. مد بارث يده إلى سوارانجالي. أمسكت سوارانجالي بيد سوارانجالي وشعرت بالقليل من الارتعاش. لكنه كان مؤقتًا. شعرت بالإثارة داخل قلبها ؛ كان الأمر ساحرًا. كانت مصافحة دافئة. ابتسم كلاهما لبعضهما البعض وداعًا. أشار بارث إلى الهاتف. أكد سوارانجالي. بحلول الوقت الذي وصلوا فيه إلى السيارة، حصل سوارانجالي على تدليك، "كنت تبدو مذهلاً. كان ردها" شكرًا لك ". غادرت السيارة الحارة.

وصل سوارانجالي إلى قسم الموسيقى في الجامعة. جاءت سانجيتا إليها على عجل. أخذت سوارانجالي في الزاوية وقالت: "هناك أخبار محزنة. أرسل والد بارث تدليك "آسف".قال سوارانجالي، لقد أتوا لرؤيتها أيضًا وسيشاهدون المزيد من الفتيات. وصف سوارانجالي اجتماعهم وغداءهم، كل ذلك في واقع الأمر، دون إعطاء أي انطباع عن الحقيقة.

أخذها سانجيتا أيضًا بشكل رياضي وقال: "ليعطيهم الله حسًا جيدًا لاختياركم على الأقل. سأكون سعيدًا إذا تم اختيارك. ثم سأسحب ساقه." لم يقل سوارانجالي شيئًا.

كانت سوارنجالي حزينة لإخفاء الحقيقة عن أعز صديقاتها. طُلب منها القيام بذلك من قبل بارث. ذهب كلاهما لترتيب برنامج "Mehfil"، الذي سيعقد في اليوم التالي. كانوا مشغولين حتى المساء وقرروا الاجتماع في الصباح من أجل محفيل.

على طاولة العشاء، كانت هناك مناقشات جادة جارية بشأن تخطيط وتنفيذ جميع الطقوس. قام ماماجي بتوزيع العمل على العديد من الأقارب المقربين. تم منح الفرقة الموسيقية وزخرفة المزرعة وزخرفة السيارة وما إلى ذلك لمدير متجر ماماجي. كانت مسألة بطاقة الدعوة جاهزة. قام بذلك

عم سوارانجالي، الذي يعيش في مكان قريب. تم إعطاؤه بالفعل للطابعة بعد تأكيد من عائلة بارث.

كانوا يتجنبون الازدواجية بسبب ضيق الوقت. ستكون بطاقات الدعوة شائعة لكلا الطرفين وسيتم توزيعها بين أقارب كليهما. تحمل والدا بارث المسؤولية الكاملة عن العشاء الذي سيتم تقديمه في مانغال كاريالايا. وقرروا المساهمة على قدم المساواة. كان ذلك مصدر ارتياح كبير لماماجي وزملائه. تم إبلاغ كاهن العائلة. سيهتم بجميع المواد اللازمة للحفل سواء من أجل الخطوبة أو من أجل الزواج. سيتم مراقبة زخرفة المنزل من قبل ابن عم سوارانجالي. سيتم تحديد الهدايا والتبادلات من قبل MAMI.

بعد العشاء، عرضت سوارنجالي ليلة سعيدة للجميع وذهبت إلى غرفتها لإجراء مكالمة إلى بارث. لا بد أنه ينتظر مكالمتها. لقد فات الأوان بالفعل. كانت على حق. في الحلقة الأولى نفسها، قال بارث "مرحبًا. اعتذرت سوارانجالي وبدأت محادثتها. أبلغت عن المحادثات بينها وبين سانجيتا. قال بارث: "لا تقلق على الإطلاق".

خططوا للتسوق في اليوم التالي. طلبت بارث مرارًا وتكرارًا من سوارانجالي عدم طلب أي أموال من ماماجي أو والديها. قال سوارانجالي حسنًا. كما تحدثوا عن الفيلا الأمريكية. وقال بارث إن الفيلا تنتظر تزيين السيدة المالكة لها. شعر سوارانجالي بسعادة غامرة. كانت فضولية بشأن نمط حياة الشعب الأمريكي. حاول بارث تجنب إعطاء أي معلومات لم تكن ضرورية. بعد وقت ما، عرضوا ليلة سعيدة وذهبوا إلى الفراش.

Mehfil

في اليوم التالي، غادرت سوارانجالي المنزل في الساعة الثامنة صباحًا لمشروعها مهفيل. بحلول الساعة الثانية بعد الظهر، كانت القاعة مكتظة بجمهور الطلاب والمعلمين.

كان هناك أربعة أشخاص لتقديم العناصر الخاصة بهم. كان اثنان من الطلاب يؤدون في الآلات واثنان في الصوت. كان أداء سوارانجالي في المركز الثالث. طلبت منها بارث تصوير فيديو كامل لأدائها. بعد سانجيتا وأداء فعال واحد، كان هناك استراحة لمدة عشر دقائق.

سألت سانجيتا، "سانجيتا، يجب أن تصوري فيديو أدائي." وافقت بسهولة. بعد الاستراحة، استعدت سوارانجالي مع هارمونيومها ورحبت بزميلين آخرين في الفصل لمرافقتها مع تانبورا. كلاهما كانا مستعدين. وبدأت سوارانجالي تجسيدها بلغة إيمون- كاليان. كانت في أفضل حالاتها المنتشية. كان هناك تصفيق كبير عندما انتهت من عرضها. كان أساتذتها سعداء للغاية. جاءت سانجيتا مسرعة وعانقتها. قالت سوارانجالي لسانجيتا، كان عليها أن تذهب مبكراً. أعطاها رئيس القسم الإذن.

تسوق المجوهرات

تحدثت مع بارث وسألت عن مكان الاجتماع. قال إنه سيكون هناك في الوقت المناسب في متجر ترييهوانداس للمجوهرات بالقرب من دائرة الخوذة. أبلغت والديها وذهبت مباشرة إلى المتجر. وجد سوارانجالي أن بارث كان ينتظرها. أوقفت سيارتها واقتربت من بارث. تصافحوا ودخلوا. عندما قال بارث لصاحب المتجر إنه سيدفع بالدولار، كانوا أكثر من سعداء. اهتموا بشكل خاص بخدمتهم. تم منح خصم خاص للشراء بالدولار. يحتوي على خاتمين ماسيين للخطوبة وقلادة ماسية مرصعة بخواتم أذن وخاتم آخر للاستخدام اليومي لسوارانجالي. لم يستمع بارث إلى اعتراضها عندما أصر على سوار ماسي. دفع بارث بالدولار وأخذ الأغراض وذهب إلى سيارته. طلب من سائقه الاعتناء بسيارة سوارانجالي، وطلب من سوارانجالي الجلوس معه في السيارة.

ثم أوصلها بارث إلى متجر كبير. هناك، اشترى كلاهما جميع العناصر التي شعرا أنها ضرورية للزواج والرحلة إلى الولايات المتحدة. عندما خرجوا بالحقائب، امتلأ المقعد

الخلفي لسيارته بالكامل. ذهبوا إلى منزل سوارانجالي أولاً. أسقطت جميع متعلقاتها في منزلها وأخذت فنجانًا من القهوة، وتحدثت إلى جميع الأعضاء بشكل فردي.

أخرج بارث صندوقين صغيرين من سترته. فتح الصندوقين واحداً تلو الآخر وأظهر خواتم الخطوبة. كان والدا سوارانجالي، ماماجي ومامي إلى جانب كافيا وبهافيك، متحمسين للغاية لرؤية تلك الخواتم. كما أظهر المرصع الماسي والسوار الذي اشتراه لسوارانجالي ليقدمه والداه. أعطى ماماجي خاتم خطوبته ليتم إحضاره في اليوم التالي. على سبيل المزاح، ذكّر بأن اليوم التالي كان يوم خطوبتهم ودعا الجميع رسميًا للحضور إلى المكان. طلب بارث من سوارانجالي دعوة صديقتها سانجيتا أيضًا. سيتحدث إليها. أعطاها بارث علبة من الشوكولاتة الأمريكية. ثم غادر، مشيرًا إليها بالاتصال في الليل. شكر والدا سوارنجالي الله سبحانه وتعالى لإرسال ملاك يدعى بارث لابنتهما. كما شكروا ماماجي بغزارة، لبدء عملية صنع المباراة هذه وكل المتاعب التي واجهها لجعلها ممكنة.

الأخبار العاجلة

كان سوارانجالي في مأزق. كانت ستدعو سانجيتا إلى خطوبتها. شعرت بالحرج. لكنها اضطرت إلى إجراء مكالمة. قالت سانجيتا في تلك اللحظة: "مرحبًا"، أصبحت متوترة."سانجيتا،هناك أخبار لا أعرف كيف أخبرك بها."

كانت سانجيتا حادة بما يكفي لتخمين ذلك. صرخت: "لقد قال بارث"نعم "، أليس كذلك ؟" هتف سوارانجالي، "يا إلهي! نعم. ولكن كيف يمكنك أن تعرف ؟سألها سوارانجالي.

"في اليومين الماضيين كنت مضطرباً. لم أسألك أي شيء. أردت أن أعطيك وقتًا للتسوية. لماذا تبدو متوترًا جدًا ؟ أنا صديقك المقرب. كان يجب أن تثق بي قبل يومين لأنني أخبرتك كل شيء عني ".

بدأ سوارانجالي بالبكاء وقال "آسف".

أخذت سانجيتا كل شيء رياضيًا. حتى أنها ضايقتها، "لكن لا تنس سوارانجالي، أنك اختطفت رجلي." ضحك كلاهما وذوب الإحراج. كانوا سعداء. دعت سوارانجالي عائلتها لحضور الخطوبة، وأكدت سانجيتا أنها ستأتي بالتأكيد للمشاركة. شعرت سوارانجالي بالارتياح والسعادة لأنها لم تفقد أعز صديقاتها إلى الأبد. كما أخبرت سانجيتا بالتسلسل الكامل لإظهار العروس دون علمها. من أكشاردام إلى اجتماعات ماكدونالد، كيف أخفت ماماجي وأشخاص آخرون كل شيء عنها. في الواقع، استمتع كلاهما بالطريقة التي تمكن بها والدا سوارانجالي من إبقاء فمهما مغلقاً. استطاع سوارانجالي أن يتذكر لماذا كان ماماجي مضطربًا أثناء زيارتهم لأكشاردام. طوال الوقت، كان مشغولاً بالتحدث مع بعض الأشخاص المجهولين. لم يكونوا سوى أفراد عائلة بارث. خدع ماماجي سوارانجالي ليس مرة واحدة بل مرتين. ضحكوا وعلّقوا الهاتف بملاحظات جيدة.

عندما أخبرت سانجيتا في منزلها أن بارث قرر الزواج من أفضل صديقاتها سوارانجالي، وقد دعوا الجميع للمشاركة في اليوم التالي، لم تستطع والدتها التحكم في عواطفها. بدأت في البكاء. كان رد فعلها الوحيد، "لا يمكن أن تكون صديقتك المفضلة. إذا كنت لا تزال ترغب في الذهاب دون خجل، فاذهب. لكننا لن ننضم." هذا ترك سانجيتا في حيرة.

أرسلت سوارانجالي فيديو برنامجها الموسيقي إلى بارث. في مربع النص كتبت، "فيديو من صنع سانجيتا. سأتحدث إليك ليلاً ".

أجاب بارث: "شكرًا على الفيديو ؛ سأنتظر مكالمتك".

طُلب من سوارانجالي ترتيب جميع الأشياء التي سيتم نقلها إلى القاعة حيث سيتم إجراء حفل الخطوبة. طُلب من كافيا وبهافيك مساعدتها. أخذوا كل الحزم إلى غرفة سوارانجالي. أعطتهم مامي حقيبتين كبيرتين لهذا الغرض. قسموا كل الأشياء إلى جزأين. وضعوا جميع الحزم اللازمة للحفل والطقوس في حقيبة واحدة والباقي في الحقيبة الأخرى. بحلول الوقت الذي

انتهوا فيه، جاءت المكالمة لتناول العشاء. قدم لهم سوارانجالي الشوكولاتة التي جلبها بارث. كان الجميع سعداء للغاية.

الفصل الخامس
الخطوبة والزواج

المشاركة

على طاولة العشاء، تم تقسيم الوظائف لليوم التالي. تم تقديم قائمة مرجعية للجميع تصف وظائفهم. لا ينبغي لأحد أن ينسى أي شيء. لم ينس ماماجي إحضار "جاجرا" للسيدات

لتوزيعها في اليوم التالي. تم الاحتفاظ بالعبوة في الثلاجة الأصغر. قيل لكافيا ألا تنسى حزمة "غاجرا". سيكون من واجبها توزيع واحدة لكل سيدة على جميع السيدات اللواتي سيحضرن حفل الخطوبة. وبالمثل، تم تكليف بهافيك بمسؤولية الاحتفاظ بحصص الأمتعة بأكملها التي سيتم نقلها إلى القاعة. كان يروي ليؤكد أن كل شيء قد حدث. طُلب منه الاحتفاظ بالقائمة جاهزة بمساعدة كافيا وسوارانجالي. على الرغم من أن ماماجي كان يصر على أن سوارانجالي لا ينبغي أن يبذل المزيد من الجهد، إلا أن الجميع ابتسموا له. في الصباح طُلب من الأختين الذهاب إلى الصالون مبكرًا، حتى يتمكنا من العودة في الوقت المناسب.

كان على سوارانجالي إجراء مكالمة. عرضت ليلة سعيدة على الجميع وذهبت إلى غرفتها. أغلقت الباب. اتصلت ببارث.

"مرحبًا، كيف حالك ؟" بدأ بارث المحادثة.

"أنا بخير. اسمعي، لقد أخبرت سانجيتا كل شيء، لقد أخذته بشكل رياضي على ما يبدو. لقد دعوتها أيضًا للمشاركة. أبلغ سوارانجالي.

كان بارث سعيدًا بحل المسألة في الوقت الحالي. ثم ناقشوا برنامج اليوم التالي. قال بارث، "هل تعلم أن والدي شاهدوا الفيديو الخاص بك على التلفزيون مباشرة من هاتفي. لقد كانوا منبهرين للغاية وشكروا ماماجي مرارًا وتكرارًا على جعل هذه المباراة ممكنة ".

لم يكن يعلم أن والديه قد اشتروا هدية خاصة لماماجي، كرمز للامتنان لجعل هذا التوفيق ناجحًا. وقال أيضًا: "كنت تبدو مذهلًا أثناء تقديم أدائك. الجميع فخورون بك حقًا كعضو آخر في عائلتنا. على وجه الخصوص، با معجب جدا. قالت، يجب أن ترتب محفل خصيصًا لها فقط." لم تستطع سوارانجالي التحكم في عواطفها. كانت بحاجة إلى منديل ورقي لإصلاح دموعها. يمكن أن يخمن بارث أن سوارانجالي يبكي. حاول أن يعطيها العزاء.

قال: "سوارا، ألا تشعرين أننا محظوظون جدًا لوجودك في عائلتنا ؟" ظل سوارانجالي صامتاً. ذكرها بارث بالوقت حيث كان عليها الاستيقاظ مبكرًا. لم يرغب سوارانجالي في إنهاء المحادثة لكن بارث كان أكثر عملية. عرض ليلة سعيدة وعلّق الهاتف. حاول سوارانجالي لكنه فشل في النوم قريبًا. كانت صورة بارث الجميلة مصرة على البقاء أمام عينيها.

في اليوم التالي كانت والدة سوارانجالي أول من استيقظ في الساعة الخامسة صباحًا. اتصلت بكل شيء لتنهض. فجأة، أصبح المنزل نابضًا بالحياة. بعد وجبة إفطار خفيفة، ذهبت كافيا وسوارانجالي إلى الصالون. بدأ بهافيك في إعداد القائمة. وجلس آخرون معًا للتخطيط النهائي. كان المشهد مشابهًا تقريبًا في منزل بارث. كان والد بارث ديفانغبهاي يعطي تعليمات لجميع أقاربه المقربين حول مسؤولياتهم. في الأساس، كان سعيدًا جدًا لدرجة أنهم لم يتمكنوا من إخفاء عواطفهم وإخفاء دموعه. فجأة تذكر عائلة ويتمان من الولايات المتحدة وشكر الله تعالى على إحضار هذا اليوم الميمون.

في وقت ما، عندما كان ديفانغبهاي يفكر في زواج ابنه الوحيد، كان جميع الأقارب تقريبًا متأكدين جدًا من أن بارث سيتزوج بالتأكيد فتاة أمريكية للحصول على بطاقته الخضراء مبكرًا. لم يكن أحد مستعدًا للاعتقاد بأن بارث كان قادمًا إلى الهند للزواج من فتاة هندية باتباع جميع قواعد الزواج المدبر. لطالما دعا ديفانغبهاي أقاربه في جميع الوظائف المتعلقة ببارث. أثناء نتيجة فحص مجلس الإدارة أو القبول في IIT أو IIM أو الذهاب إلى الولايات المتحدة من خلال بنك J.P.Morgan أو حتى بعد شراء فيلا في الولايات المتحدة، شهد هؤلاء الأقارب كل قصة نجاح. كان بارث تفاحة عيونهم. كان نجم مجتمعهم. أحب الجميع بارث بسبب سلوكه أيضًا. لذلك، كانوا أكثر من سعداء لرؤية أن كل وظيفة تتعلق بهذا الزواج سيتم تنفيذها بنجاح. لم يكن أحد يعلم أن بارث كان على وشك الزواج من فتاة بيضاء أمريكية. ولكن ببركات الله، يمكنهم الخروج من هذا التحالف.

وصل كلا الطرفين إلى مكان المشاركة في الوقت المناسب. في الواقع، كانت عائلة سوارانجالي هناك عند البوابة للترحيب بأفراد عائلة بارث. استقبلوا الجميع بباقة صغيرة من الورود قدمها بهافيك. تم إعطاء السيدات "جاجرا" من قبل كافيا. تم ترتيب الجلوس بشكل جيد. كان مركز الطقوس الفعلية مرئيًا بوضوح من جميع الجوانب. وصل الكاهن ومساعده مع جميع المواد. لقد بدأوا بالفعل ترتيباتهم.

جاءت سانجيتا مبكرًا، كما سألها سوارانجالي. احتاجت سوارانجالي إلى شخص ما ليكون إلى جانبها. ومرة أخرى قال سوارانجالي "آسف. وبخ سانجيتا سوارانجالي هذه المرة. عندما سألت سوارانجالي عن والديها، أبقت سانجيتا أمي. قالت سوارانجالي إنها ستذهب شخصيًا إلى منزلها لتطبيع الوضع. كان لسوارانجالي علاقة جيدة جدًا مع والدي سانجيتا. لم ترغب في إفسادها. علاوة على ذلك، حتى الآن لم تخبر سوارانجالي والديها عن رفض سانجيتا من قبل بارث. لقد قررت عدم قول أي شيء لأي شخص. لم يستطع بارث الزواج من جميع الفتيات اللواتي قابلهن. كان الأمر في غاية البساطة. يجب على الجميع قبولها رياضيًا. في مجتمعنا، كان والدا الفتاة دائمًا عرضة لتلقي "مذكرة الرفض"، كما يعتقد سوارانجالي. كما شكرت الله على عدم إعطاء هذا الألم لوالديها.

اتصل شخص ما بسوارانجالي للمضي قدمًا في هذه الوظيفة. جاء كل من سانجيتا وسوارانجالي إلى المنصة المركزية. رأى سانجيتا بارث. ابتسموا لبعضهم البعض. قال بارث "آسف" بالإشارة إلى يديه. رفعت سانجيتا إبهامها. ابتسم كلاهما مرة أخرى.

بدأ الكاهن مع غاناباتي ستافان وبدأت الطقوس. بعد مرور بعض الوقت، طُلب من الجميع الوقوف لحضور حفل الخاتم. طُلب من كل من الوالدين وماماجي الحضور والوقوف خلفهم. مع الكثير من الضجة، وضع بارث الخاتم في إصبع خاتم سوارانجالي أولاً ثم وضع سوارانجالي الخاتم في إصبع خاتم بارث. كلهم صفقوا وأمطروا بتلات الورد عليها. ثم تمت دعوة

الجميع إلى طاولات الغداء لتناول غداء فاخر. كان الجميع سعداء بمباركة الزوج الجديد. غادر الضيوف بعد الحفل. نظرًا لأن با لم تستطع المجيء، فقد كانت تنتظر مقابلة سوارانجالي في المنزل. طلب والدا بارث من والدي سوارانجالي إعطاء الإذن لسوارانجالي بالذهاب إلى منزلهما، والذي تم منحه بسهولة. أخذ سانجيتا أيضًا إذنًا من سوارانجالي ؛ ذهب بارث وسوارانجالي لرؤية با.

في طريقهم إلى منزلهم، ذهبوا جميعًا إلى مكتب القنصلية الأمريكية وتقدموا بطلب للحصول على تأشيرة سوارانجالي للولايات المتحدة. تم تقديم دليل الخطوبة عن طريق الصور الفوتوغرافية، وسيتم تقديم شهادة الزواج بعد أربعة أيام، كما تم إرفاق بطاقة دعوة الزواج. لم يكن شخص واحد فقط راضيًا على الإطلاق عن ماماجي سوارانجالي. لا أحد يعرف، لماذا ؛ كانت سانجيتا.

زيارة إلى In Laws

ذهب سوارانجالي وبارث معًا إلى منزله مع والديه. كان منزلًا فخمًا. كان با ينتظر سوارانجالي عند المدخل. كان سوارانجالي سعيدًا جدًا برؤيتها. انحنت سوارانجالي لتلمس قدميها. عانقها با. دخلوا. كان الجميع حريصين على أن يريها الأقسام المختلفة من المنزل. كان سوارانجالي مهتمًا بالتلصص على غرفة بارث. كالعادة، كان بارث مترددًا في اصطحابها إلى غرفته لأنها تحمل توقيع "الأولاد دائمًا" من النوع الفوضوي. استطاعت سوارانجالي التخمين ولم تصر. لم يتناول سوارانجالي أي شيء سوى فنجان من القهوة. فجأة، اتصلت والدة بارث بسوارانجالي بالقرب منها. قبلت جبينها، وأخذت أساور ذهبية من يديها ووضعتها في يدي سوارانجالي. لمست سوارانجالي قدميها. همست في آذان سوارانجالي، "شكرا جزيلا لك ديكري. (ديكري تعني ابنة باللغة الغوجاراتية). الآن أشعر بالارتياح الشديد لأنك ابنتي في القانون. أنا متأكد من أنك ستعتني بابني بشكل صحيح. سأظل

مدينًا لك مدى الحياة. بارث هو حقا صبي لطيف. إنه نظيف القلب. أعلم أنك ستكون سعيدًا معه ".

بعد ذلك تبادلوا التحيات وأخرج بارث سيارته لإيصالها إلى منزلها. في الطريق، قال سوارانجالي الكثير من الكلمات الطيبة عن والديه. قالت إنها سعيدة جدًا لرؤية منزله ووالديه من أماكن قريبة. لم تدخل بارث منزلها الآن. كان لديه العديد من الأشياء لتبسيطها. وداعا وذهب بعيدا.

دخلت سوارانجالي المنزل راكضة وعانقت والدتها بشدة. ثم عرضت عليها الأساور. واو! كانت جميلة جدا. أخذت تدور بأذرع مفتوحة، ونظرت إلى السقف وذهبت إلى غرفتها. بدأت والدتها تفكر، ماذا حدث لفترة انتظار هذه الفتاة لمدة ثلاث سنوات ؟ لماذا تنسى الفتيات نذورهن بسهولة ؟ وبررت الإجابة أيضًا. كان الأمر في غاية البساطة. الفتيات مرنات وقابلات للتكيف وقابلات للتعديل، وهذا هو السبب في أنهن لطيفات للغاية. الفتيات هن أفضل مخلوقات الله!

الزواج

اقترب يوم النصر. مرت ثلاثة أيام عصيبة بسرعة كبيرة. كان يحدث بسرعة كبيرة. كان الجميع مشغولين بتوزيع بطاقات الدعوة وإجراء عمليات الشراء وإعطاء الطلبات وجمع مواد الملابس المخيطة وما إلى ذلك. أخذ سوارانجالي إجازة. كان الجميع سعداء من أجلها عندما ذهبت إلى الجامعة لتوزيع بطاقات زواجها. ودعت كل واحد منهم شخصيا. بدأ الضيوف في الوصول واحدًا تلو الآخر. ذهب البعض للبقاء في منزل ماماجي. ذهب البعض إلى منزل عم سوارانجالي. تم تعديل الراحة بشكل مريح في فندق قريب. كان الطباخ جاهزًا مع فريقه. كانت الفرقة والشامياناس والسيارة المزينة وإضاءة المنزل وما إلى ذلك جاهزة. كانت عشية يوم الزواج. كانت هناك طقوس تسمى سيمان بوجان. بشكل عام، من المفترض أن يظهر الماماجيون الحب تجاه ابنة أختهم من خلال تقديم العديد من الهدايا. لكن بالنسبة لماماجي هذا، لم يكن هناك شيء

لإظهاره. في الواقع، بدأ يبكي من الداخل. كان سيشعر بغياب سوارانجالي العزيز عليه.

كان جميع أفراد العائلتين هناك في القاعة مع الضيوف. أخذ ماماجي زمام المبادرة لجعل بوجان بارث. جاء جميع أقارب العروس واحدًا تلو الآخر وباركوا العريس. وبالمثل، بارك جميع أقارب العريس العروس. تم تنفيذ جميع الطقوس مثل غسل أقدام العريس وتقديم الحلويات وما إلى ذلك وفقًا لتعليمات الكاهن. ثم تم تقديم جميع الأقارب المتكافئين من كلا الجانبين وهم كاكا كاكا ؛ ماما ماما ؛ وآخرون لبعضهم البعض وتبادلوا التحيات. تبع ذلك برنامج مهندي الذي تم خلاله ترتيب سانجيت. جاء بعض الفنانين المحترفين لتقديم أصواتهم واحدًا تلو الآخر. ثم تم تقديم العشاء. بعد العشاء، ذهب الجميع إلى غرفهم الخاصة لأخذ قسط من الراحة لليلة للاستيقاظ في الصباح الباكر للاستعداد للزواج. كان أفضل وقت للزواج هو التاسعة والنصف صباحًا، وكان سيكون محمومًا. وبينما كان الجميع متعبين، ناموا بسرعة.

في الساعة الخامسة والنصف صباحًا، بدأ ماماجي وشركاه في الصراخ على الجميع للاستيقاظ والاستعداد. كان برنامج هالدي يجري في منزل بارث. في أي وقت ستصل إلى سوارانجالي. يجب أن يكون الجميع مستعدين لهذا البرنامج. بالضبط في الساعة 6.15، جاء الهالدي من منزل بارث. اجتمعت جميع السيدات لحملها على وضع هالدي على وجه سوارانجالي وقدميها ويديها.

كان الماء الساخن جاهزًا للجميع. في غضون ساعة ونصف، استعد الجميع وجاءوا إلى مائدة الإفطار. رتب بهافيك شيئًا فريدًا. من خلال أصدقائه، تم إعداد صالونات تجميل MAKE SHIFT لكل من الفتيان والفتيات في المكان نفسه. لقد ساعدوا الضيوف على إعداد مكياجهم. قام العديد من الضيوف من كلا الجانبين بعمل مكياج في اللحظة الأخيرة لتحسين مظهرهم. تم الإعلان عن التجمع في قاعة الزواج. أصبحت القاعة مليئة بالضيوف المدعوين. جاء كل من

العريس والعروس من جانبي القاعة. كانت سوارانجالي برفقة صديقتها سانجيتا. جاءوا إلى الزواج سامية. بدأ الكاهن مع غاناباتي ستوترام، وبدأت طقوس الزواج. تبادل الطوق، Saptapadi، Hom مع الهتافات الفيدية، ملأ الجو بأداءات ميمونة. تم سماع ألحان شهناي تليق بالمراسم. كان جميع الضيوف الحاضرين يباركون الزوجين من خلال الاستحمام بالزهور. أخيرًا، تم إجراء سيندورداان وارتداء مانغالسوترا لإنهاء الزواج التقليدي. كالعادة، فقد بارث حذائه. كان عليه أن يدفع رسومًا باهظة لكافيا بهافيك وشركائه لاستعادة حذائه.

كان الجزء الثاني من الزواج هو التأكيد بختم الحكومة الرسمي. كان مسجل الزواج حاضرًا مع مسؤوليه والسجل. التقط الضابط الصور الفوتوغرافية ليتم تسليمها مع الشهادات إلى القنصلية الأمريكية للحصول على التأشيرة الأمريكية لسوارانجالي. وقع كلاهما على السجل، ووقع الشهود أدناه. وقع الوالدان كأوصياء ووقع المسجل على شهادة الزواج. بارك جميع الأقارب والضيوف الزوجين المتزوجين حديثًا بالهدايا وشرعوا في غداء البوفيه المرتب في مكان قريب..

في الساعة الرابعة مساءً، جاء والدا بارث لطلب الاحتفال الأكثر صعوبة وعاطفية لبداي. كان من المفترض أن تغادر سوارانجالي منزل والديها وتشرع في بدء حياتها الجديدة. سألت سوارانجالي نفسها ذات مرة عما إذا كانت قد اتخذت القرار الصحيح بترك والديها وماماجي في وقت مبكر. ولكن الآن أصبح كل شيء غير ذي صلة. يجب أن تكون جريئة وتواجه العواقب المستقبلية. قررت أن تطفو مع مجرى الأحداث وألا تسبح ضد التيار. حان الوقت لأخذ إذن من كل شيخ قريب جدًا من قلبها. حاولت ألا تبكي. لكنها لم تستطع إيقاف دموعها. عانقت والدها ووالدتها، ثم لم تستطع التحرك بينما كان ماماجي يقف أمامها. كانت الدموع تتدحرج من خلال عيون كليهما. ثم فتح ماماجي ذراعيه وأخذ ابنة أخيه بين ذراعيه. كلاهما كانا ينتحبان. ثم اقتربت منها مامي وكافيا وبهافيك. كان الجميع يبكون. قبل مغادرتها مباشرة، عانقت

سانجيتا للمرة الأخيرة. أعربت عن حزنها، وقالت "آسف" مرة أخرى قبل أن يأتي بارث ويمسك يدها ويطلب المضي قدمًا نحو سيارة الانتظار. سارت السيارة بسرعة الحلزون حتى بوابة منزل المزرعة. ثم أخذت بعض السرعة. تليها سيارات أخرى مع أقارب آخرين وضيوف من عائلة العريس. تم الانتهاء من حفل الزواج بملاحظات جيدة.

المغادرة النهائية

وصلت سوارانجالي إلى منزل زوجها. في غضون أسبوع، تغير كل شيء. لقد أخذ مصيرها جولة في قطار الملاهي. لم تفكر أبدًا في حلم القطيع في الحصول على زواج مغامر. ثاتو، متزوجة من شخص متعلم تعليماً عالياً، وسليم من الناحية المالية وكشخص، شفافة للغاية. لم يكن لديها كلمات لتشكر الله القدير على كل شيء. شخص ما كسر غيبوبتها. طُلب منها دخول المنزل عن طريق دفع وعاء من الأرز بساقها اليمنى. ثم طُلب منها الوقوف في طبق مستدير كبير مليء بالماء الأحمر. طُلب منها البدء في المشي على قطعة قماش بيضاء، مباشرة إلى غرفة بوجا. طُلب من تيريزا وضع بصمات يدها باستخدام عجينة كومكوم. ثم طُلب من كل منهما لعب بعض الألعاب. كان أحدهم أن بارث سيخفي خاتمه داخل الورك إذا كان الأرز وخلال العد لثلاثة، كان من المفترض أن تتعقبه سوارانجالي، وهو ما فعلته.

كان سوارانجالي مضطربًا لمقابلة با. بسبب اعتلال صحته، لم يتمكن با من حضور حفل الزواج. سألت سوارانجالي حماتها أنها تريد مقابلة با. في الواقع كان ذلك بسبب با، زواج بارث حدث في الهند مع فتاة هندية. ذهبت سوارانجالي لرؤية با مع بارث ولمست قدميها. أصبحت با عاطفية واحتضنتها. قالت با، لقد تحققت رغبتها ويمكنها رؤية حفيدتها في القانون. أعطت سوارانجالي الكثير من البركات.

تم ترتيب الاستقبال خارج المنزل في المساء. كان حفل

استقبال كبير. كان هناك ساميانا مزينة بشكل جيد. كانت زخرفة المسرح رائعة. تم إعداد كرسيين للملك والملكة. جاء العديد من الضيوف لمباركة الزوجين بالهدايا. وقدم الكثير منهم مجوهرات ذهبية ونقودًا. في كثير من الأحيان حضر سوارانجالي هذه الأنواع من حفلات الاستقبال الزوجية مع ماماجي. الليلة، كانت هي نفسها تجلس على المنصة مع زوجها. كان من المفترض أن يقدم لها بارث جميع أقاربه وضيوفه. لكنه صبي ذكي. قام بتكييف مقدمة شائعة.

"سوارا، يرجى لمس قدميه. هو/هي قريب جدا من عائلتنا. لقد اختصرت بارث اسمها بالفعل من سوارانجالي إلى سوارا. ابتسم سوارانجالي لأسلوبه في التقديم. بدأت تومئ برأسها وتنحني. لقد استمتعت بالعرض بأكمله لمدة ساعتين تقريبًا. أحضر شخص ما عصير البرتقال لهم. لقد كانت استراحة لطيفة. استغرق الناس وقتهم لاختيار مجموعة المأكولات الخاصة بهم من اثنين وسبعين كشكًا مختلفًا. في هذه الأيام، يفضل الناس اختيار الأطعمة غير الهندية مثل التايلاندية والصينية والقارية وما إلى ذلك. كانت هناك منطقة مختلفة لأطباق جاين. ربما كان لدى جميع الولايات الهندية أكشاك مستقلة. أحب الناس جولاب جامون الساخن على لوح الآيس كريم، وربدي جلابي، وباسوندي روسوغولا، وما إلى ذلك. كان سوارانجالي متعبًا. أشارت إلى ساعة بارث ؛ "كيف حالها ؟ سألت من خلال عينيها. أجاب بالإيماءة:" لقد انتهى الأمر تقريبًا ". كان يشعر بالتعب أيضًا. جاء عم بارث وقال: "يمكنكما الآن الاستيقاظ والذهاب لتناول العشاء".

شعرت بارتياح أخيرًا، وأخذت بارث يدها لمساعدتها على النزول من المنصة. انضم إليهم ثلاث فتيات وفتيان في الحفلة. لم يكن بارث يعلم أنهم كانوا يخططون لخداعه. طلبوا منهم الجلوس على الكراسي وقالوا إنهم سيحضرون الأطباق للزوجين الجديدين. عادوا مع ستة أطباق مع الخضار الخام والأرز الخام والخيار الكبير والدال الخام وموقد مع طباخ الضغط عليه. طلبوا من سوارانجالي أن يطبخ لبارث ويعطيه

هدية. بدأ سوارانجالي بالضحك وسأل عن نيتهم الفعلية.

أجابوا: "انظر يا أخي، لا يوجد مجال لإخفاء حذائه هنا. لكننا نريد أن يكون لدينا متعة كبيرة للترفيه لدينا. ضع كلمتك لبارثباي لإعطاء ذلك.نظر سوارانجالي إلى بارث. سأل بارث "كم ؟ أجاب سوارانجالي:" إنهم خمسة. في العدد، لذلك أعط عشرة آلاف ".

اتصل بارث بشخص ما وقال شيئًا في أذنيه. أومأ ثاتمان برأسه وذهب. بعد مرور بعض الوقت عاد ومعه عبوة سمينة. أعطى بارث تلك الحزمة لسوارانجالي. قال سوارانجالي: "انظر، أحتاج إلى دليل. إذا وافقت على النقر فوق صورة شخصية معك جميعًا، فإن Ishall فقط هو الذي سيعطيك هذه الحزمة."وافق الجميع وبعد جلسة السيلفي، افترقوا بكل تلك الأطباق الغريبة والعبوة السمينة. أخذ بارث وسوارانجالي عشاءهما في وقت الفراغ. لم يزعجهم أحد. كانت الساعة الثانية عشرة والنصف عندما دخلت الأسرة إلى المنزل من منطقة الاستقبال. طُلب من الزوجين الجديدين الذهاب إلى غرفتهما. كان سوارانجالي متوتراً. يمكن لبارث أن يخمن عقلها. أمسك يدها وذهب إلى غرفته. لدهشتهم، تم تزيينها بشكل جيد للغاية بالزهور. جلس كلاهما على السرير.

قال بارث: "عفواً، أنا قادم للتو. نهض وذهب إلى خزانة ملابسه وفتحها وأخرج صندوقًا صغيرًا. عاد إلى سوارانجالي، وأعطاها ذلك الصندوق وطلب منها أن تفتحه. فتح سوارانجالي الصندوق. كانت قلادة بلاتينية جميلة بسلسلة طويلة. طلب منها بارث أن تقف وتعود. اقطع تلك السلسلة على رقبتها. استدار سوارانجالي وقال "شكرا جزيلا على كل شيء." اقتربوا أكثر وأوقف بارث التبديل.

في الصباح الباكر، استيقظ سوارانجالي. طلب منها بارث الانتظار، لكنها ابتسمت وذهبت لتنتعش. غيرت ملابسها وأعادت حليها، وأصلحت شعرها وخرجت من الغرفة. على طاولة الطعام، رأت أصهارها. ذهبت إليهم وحنت رأسها. باركوها وطلبوا منها الجلوس بالقرب منهم. لمست والدة بارث

خدها وقالت: "شكرًا جزيلًا لك باهو. " أحضر لهم الطاهي الشاي والقهوة. استفسرت سوارانجالي عن با وذهبت إلى غرفتها. كان با سعيدًا جدًا لرؤيتها. انحنى سوارانجالي أمامها. باركتها، ووضعت قبلة على جبينها. خرج سوارانجالي وسأل، "أين أم غرفة بوجا ؟ عرضت والدة بارث الغرفة. شكرت سوارانجالي الله القدير وماماجي ووالديها. ضع كومكوم على جبهتها وخرج. أخذت صينية القهوة وذهبت إلى بارث. أبقت صينية على الطاولة وقبل أن تطلب منه النهوض، سحبها بارث نحوه. بطريقة ما، تمكنت من التخلص منه، وابتسمت وأظهرت إبهامها الأيمن وطلبت منه النهوض والانتعاش. نهض على مضض وذهب إلى الحمام. بعد بعض الوقت، خرج كلاهما وجلسا مع والديه. في وقت لاحق، انضم با أيضًا إلى المجموعة.

باقة شهر عسل الموهوبين

أعطى والد بارث ديفانغبهاي حزمة لسوارانجالي. قال: "ماماجي الخاص بك قد أعطاه لك." فتح سوارانجالي العبوة. كانت قسيمة هدية لشهر عسل وجهتهم. ابتسمت وأعطت تلك الحزمة لبارث. ضحك الجميع. لم يكن با مستمتعاً. كانت حزينة لمعرفة أن حفيده سيغادر المنزل لمدة أسبوع ويبقى في وقت لاحق لمدة ثلاثة أربعة أيام فقط حيث كان من المقرر أن يتوجه إلى الولايات المتحدة على الفور.

لم ترغب با في أن يتركها حفيدها المحبوب بارث الآن. كانت خائفة من أنه بمجرد مغادرته إلى الولايات المتحدة مع سوارانجالي، قد لا يتمكن من رؤيته مرة أخرى في حياتها. بدأ با في البكاء. يمكن لديفانغبهاي تخمين مأزق با. أراد أن يفعل شيئًا. لا يمكنه السماح لبا بالبكاء لأي سبب من الأسباب. اتصل بماماجي وتحدث إليه. ماماجي لديه كل الحلول في العالم. قال ببساطة: "لا تقلق يا ديفانغبهاي، كل شيء سيكون على ما يرام. سأفعل شيئًا. أعدك أن با سيكون سعيدًا ". دعا الجميع للعشاء في المساء. بحلول ذلك الوقت،

سيكون هناك بعض الحلول، كما وعدت.

جاءت عائلة البارث في المساء مع سوارانجالي. لم يكن الجو في منزل والد سوارانجالي مختلفًا. لم يرغب أحد في أن يكون سوارانجالي بعيدًا عن الأنظار خلال هذين الأسبوعين. بعد العديد من المداولات، قرر كل من أفراد الأسرة اختيار مكان يمكن أن تذهب إليه كلتا العائلتين مع داديجي (با) من بارث مع الزوجين الجديدين. في الوقت نفسه، يمكن لجميع أفراد الأسرة البقاء بشكل مستقل، دون إزعاج الزوجين حديثًا. لقد كان اقتراحًا غريبًا. كان من الصعب إقناع با بأنه في هذا العمر يمكنها الإقامة في فندق أو منتجع أو نادي. بطريقة ما، أصبحت با مستعدة لتكون مع حفيدها. قال با: "لم يسبق لي أن كنت في رحلة بحرية. هل يمكنكم الترتيب لي حتى أتمكن من الذهاب إلى كاشي (فاراناسي) في تلك الرحلة البحرية ؟" صرخ بارث والجميع "لماذا لا با ؟ سنرتب ذلك لنا جميعًا ". تحمل ماماجي مسؤولية ترتيب رحلة بحرية.

كانت ابنة ماماجي كافيا وسوارانجالي قريبتين جدًا من بعضهما البعض. كانتا صديقتين شقيقتين في مرحلة الطفولة. كانوا أصدقاء أكثر من كونهم أبناء عمومة. جلست كافيا مع سوارانجالي وبدأت في البحث عن جولات وجهة مختلفة في رحلة بحرية في الهند. لم تستطع سوارنجالي الجلوس لفترة أطول حيث كان عليها أن تكون مع كبار السن من أجل طقوس مختلفة بعد الزواج. اتصلت كافيا بشقيقها الأصغر بهافيك، لمساعدتها في اختيار بعض الرحلات البحرية بدءًا من أحمد أباد نفسها. أجروا أبحاثًا مكثفة في العديد من الرحلات البحرية التي تغطي فاراناسي. أدرجوا باختصار رحلتين بهما مرافق يحتاجها جميع أفراد كلتا العائلتين. الأول كان "River Ganga Vilas" والثاني كان " Oasis of the Krishna".

لكن كلتا الرحلتين بدأتا من كلكتا. قال ماماجي: "لا يهم".

طلب العثور على أفضل ما يرضي با. قارن كافيا وبهافيك

مرافق كل من الرحلات البحرية. ووجدوا أن "نهر غانغا فيلاس" كان أفضل من النهر الآخر.

التحضير

وأعدوا عرضًا تقديميًا لـ Power Point على متن سفينة الرحلات البحرية "River Ganga Vilas" لعرضه على جميع أفراد كلتا العائلتين لاتخاذ قرار. وصف العرض التقديمي النقاط التالية بمعلومات كافية كما هو موضح أدناه شريحة بشريحة:

Slide1: الوعاء

"River Ganga Vilas" هي سفينة مذهلة مصممة لتوفير أقصى درجات الفخامة والرقي. يمتد هذا القصر العائم بطول يزيد عن 60 مترًا، ويضم ثلاثة طوابق ومجموعة متنوعة من المساحات المخصصة بأناقة. تم تصميم الرحلة البحرية لتلبية احتياجات 180 ضيفًا لضمان تجربة حميمة وشخصية.

Slide2: الإقامة

يضم "The River Ganga Vilas" 18 جناحًا مخططًا جيدًا على كل سطح. تم تصميم كل جناح ليعكس التراث الثقافي الغني للهند مع توفير وسائل الراحة الحديثة. كل سطح مخصص لمنطقة شاسعة من هذا العالم. الطابق الأول هو "Asia Deck"، والطابق الثاني هو "Europe and US Deck" والطابق الثالث هو "India Deck". تم تزيين كل جناح من كل سطح بمواضيع بلدان تلك المنطقة مثل آسيا وأوروبا والولايات المتحدة والهند. يحتوي كل سطح على جناح رئاسي واحد وثلاثة أجنحة فاخرة وخمسة أجنحة قياسية على كل جانب من السطح الذي يتكون من 18 جناحًا على سطح واحد. تقع الأجنحة الرئاسية في الجانب الأمامي والخلفي من الرحلة البحرية مع إطلالة ثلاثية الجوانب على نهر الجانج.

a) يحتوي كل جناح على شرفة خاصة للاستمتاع بالمناظر

الخلابة لنهر الجانج.

b) فراش فاخر

c) حمام داخلي مجهز بمستحضرات استحمام فاخرة وتجهيزات أنيقة.

d) أنظمة ترفيهية مع تلفزيون ذكي وواي فاي ونظام موسيقي وما إلى ذلك

Slide3: الطعام والمطبخ

تناول الطعام على متن "River Ganga Vilas" هو تجربة ذواقة. يتميز الوعاء بعدة أماكن لتناول الطعام على كل سطح وفي الطابق الأرضي، ويقدم كل منها مغامرة طهي فريدة من نوعها ؛ يديرها كبار الطهاة باستخدام مكونات من مصادر محلية. بصرف النظر عن ذلك، يحتوي كل سطح وطابق أرضي على مقاهي في الهواء الطلق على مدار الساعة طوال أيام الأسبوع تقدم وجبات خفيفة ومشروبات مع إطلالات بانورامية على نهر الجانج. كما يتوفر تناول الطعام الخاص عند الطلب، مما يسمح للضيوف بالاستمتاع بوجبة رومانسية في شرفتهم.

Slide4: الترفيه والتجارب الثقافية

يقدم "The River Ganga Vilas" مجموعة من الأنشطة الترفيهية والثقافية لتعزيز تجربة الإبحار. وشملت العروض الثقافية الرقصات التقليدية والأمسيات الموسيقية ودروس الطبخ مع طهاة السفينة والمحاضرات الدينية خلال فترات التوقف الأطول وما إلى ذلك،

Slide5: العافية والترفيه

تم تجهيز "The River Ganga Vilas" بأحدث المرافق الصحية لضمان استرخاء الضيوف وتجديد شبابهم من خلال "سبا" و "تدليك الأيورفيدا" و "مراكز اللياقة البدنية" و "منصة اليوغا" وغيرها الكثير.

Slide6: الرحلات

ويشمل كلكتا وبيلور ماث ومعبد داكشينشوار كالي وقصر الرخام ونصب فيكتوريا التذكاري الشهير وسندربانز وما إلى ذلك.

ثم ستذهب إلى مرشد أباد، العاصمة السابقة للبنغال لإظهار "قصر هزار داري" للإمبراطور سيراز داولا.

يتضمن خط سير الرحلة المكان الشهير لبوذا "بوذا غايا".

وأخيرًا، ستنتهي الرحلة في معبد كاشي فيسوانات الشهير في فاراناسي وتعود إلى كلكتا.

كان العرض التقديمي فعالاً للغاية، مما أثار إعجاب الجميع. صاح كل من ماماجي ووالد بارث ديفانجبهاي معًا تقريبًا، "سأرعى الرحلة".

قال بارث: "من المؤكد أن با ستحب هذه الرحلة معنا جميعًا. دعنا نذهب ونبلغ با أن الرحلة البحرية قد انتهت حسب رغبتها ".

وتقرر تقسيم التكلفة الإجمالية إلى جزأين متساويين. وسيشترك كل من ماماجي وديفانجبهاي في رعاية الرحلة. تم الحجز على النحو التالي:

جناحان رئاسيان: بارث سوارانجالي وديفانغباي فالغونيبين حيث رفض با البقاء في الجناح الرئاسي. في أجنحة ديلوكس: - Ba Kavya، في جناح - Super Deluxe: Mamaji - Hetalben Bhavik، وفي جناح ديلوكس آخر: Dharmeshbhai و Maltiben (والدا Swaranjali). كان الجناح الرئاسي لبارث سوارانجالي فقط هو الجانب البعيد من الطابق العلوي. كانت جميع الغرف في الجانب الآخر من الرحلة في مجموعة واحدة. كان هناك مساحة فارغة كافية، الشرفة الموجودة على السطح العلوي والتي لم

تكن متوفرة في السطح الآخر. في تلك الأماكن، كان هناك حمام سباحة وجيم ومكتبة وقاعة ترفيه ومطاعم وغرفة ألعاب وغرفة بطاقات وما إلى ذلك. كانت رحلة من ساقين ؛ أحمد آباد إلى كلكتا بالطائرة ثم الصعود على متن الرحلة البحرية "نهر غانغا فيلاس" في كلكتا. تم إجراء جميع حجوزات رحلة العودة.

قدمت سفينة الرحلات البحرية خصمًا كبيرًا في الحجز. كما تم تخصيص سيارتين فاخرتين لهما ستسافران معهما في الرحلة البحرية. يجب ألا تكون هناك أي مشكلة في إظهار الأماكن ذات الأهمية الدينية والسياحية. لم يذهب با أبدًا إلى كلكتا وبود غايا. قبل حوالي ستين عامًا، كانت هي وزوجها قد ذهبا إلى فاراناسي ذات مرة. لكن طريق الاقتراب كان ضيقًا لدرجة أنها لم تستطع أن تأخذ دارشان المناسب. لقد سمعت أنه يمكن الآن الوصول بسهولة إلى كل مكان للحجاج. شكرت اللورد شيفا لمنحها هذه الفرصة في هذا العمر. كانت أكثر سعادة لأن حفيدها لم يتركها على الفور. سيكون بالقرب منها طوال الوقت.

لم يتبق سوى يوم واحد ؛ كان لا بد من تبسيط الكثير من الأشياء. كانت صور الزواج وشهادة الزواج جاهزة. يجب تسليمها يدويًا إلى القنصلية الأمريكية. أبلغ الضابط أن الزوجين الجدد يجب أن يقدما نفسيهما مع شهادة الزواج. استعد بارث وسوارانجالي وذهبا إلى مكتب القنصلية. يجب أن تصل التأشيرة الأمريكية إليهم قبل مغادرتهم إلى الولايات المتحدة. وإلا فإن التخطيط بأكمله سيتعرض للخطر. في جميع المنازل الثلاثة، بدأت التعبئة. قام هيرينبهاي (ماماجي) ودارمشبهاي (والد سوارانجالي) وديفانغبهاي (والد بارث) بمراقبة الاستعدادات.

ذهب بهافيك وكافيا بعد الانتهاء من حزم أمتعتهما إلى منزل سوارانجالي لمساعدة عمتي مالتي. عاد سوارانجالي بعد تقديم الشهادة إلى المنزل مع بارث. ذهبت إلى غرفة با وساعدتها في حزم أمتعتها ؛ ثم ذهبت لمساعدة حماتها فالجونيبين. كانوا سعداء للغاية للعثور على سوارانجالي كفتاة لطيفة القلب تساعد الطبيعة. في المساء، أخذ سوارانجالي الإذن من الشيوخ للذهاب إلى المطبخ وإعداد شيء جديد لهم. في البداية كانوا مترددين، لكن مع مراعاة

رغبة سوارانجالي، قالوا لها "نعم". أعد سوارانجالي برياني الخضار للجميع. با وجميع الأعضاء الآخرين أحبوا إعدادها. باركها الجميع. بعد العشاء، أعدت القهوة للجميع باستثناء با. كانت قد تقاعدت بالفعل في غرفتها. جلسوا لبعض الوقت معًا وناقشوا الخطة المستقبلية. قرروا أن تأتي سوارانجالي إلى الهند لفحصها. إذا تمكنت بارث من القدوم معها، فلن تكون هناك مشكلة وإلا فإن ديفانجبهاي سيذهب إلى الولايات المتحدة لمرافقة سوارانجالي إلى الهند. فكرت سوارانجالي في حظها. لقد تلقت مثل هذا النسباء اللطفاء والمساعدين. حان وقت النوم.

اعتراف

دخل بارث وسوارانجالي غرفتهما وأغلقا الباب. ذهب سوارانجالي إلى الحمام لينعش نفسه. كان اليوم بأكمله محمومًا لكليهما. بعد أن جاءت، ذهب بارث للحصول على نفسه منتعشًا. عندما عاد بارث، كانت سوارا بالفعل على السرير. جاء بارث وجلس بجانبها. قال بارث لسوارانجالي: "سوارا، اليوم سأخبرك بشيء قد يزعجك قليلاً، لكنني لا أستطيع أن أبدأ حياتي بلعب الغميضة". أصبح سوارانجالي متوتراً. نهضت على الفور وجلست بجانبه.

أمسك بارث يدها وقال: "كنت في علاقة مع فتاة أمريكية. تعرف والدي علينا وجاء إلينا. أقنعني أنا والفتاة لورا باختلافاتنا الثقافية. نجح في إقناعنا وأنهينا علاقتنا. لكن يمكنني أن أؤكد لك أننا لم نتجاوز حدودنا أبدًا. كانت مجرد صديقة أخرى لي. أنا متأكد من أنك ستفهمني".

سوارانجالي ليست فتاة ناضجة فحسب، بل هي ذكية للغاية أيضًا.

ابتسمت وقالت: "إنه أمر شائع في الولايات المتحدة. في هذه الأيام هو أمر شائع في الهند أيضا. لا أمانع إذا لم يكن لديك أي علاقة بتلك الفتاة في المستقبل. عدني بذلك".

كان بارث مرتاحًا جدًا لسماع تأكيد سوارا، وسحبها بالقرب منه وقال: "شكرًا جزيلاً على إيمانك بي. أنا أعطيك كلمة بأنني سأظل صادقًا مع زواجنا. إنها كلمتي".

عرفت سوارانجالي أن بارث لا يكذب وبسرعة أبقت جانباً ماضي بارث الحديث. تحدثوا لبعض الوقت قبل أن يناموا.

في صباح اليوم التالي، لم يجد بارث سوارانجالي على السرير. كانت الساعة السابعة صباحًا بالفعل. ذهب على عجل إلى الحمام وحصل على نفسه منتعشًا وخرج إلى طاولة الطعام. وجد سوارانجالي يقدم الشاي الصباحي لوالديه. كان شعرها لا يزال مبللاً بعد حمامها. كانت تبدو مشرقة وجميلة. أشارت نحو بارث للجلوس وقدمت له قهوته المفضلة. كانت تعرف بالفعل تفضيله. ثم ذهبت إلى غرفة با مع شايها بدون سكر. كان با يستعد. ساعدت با وقدمت لها الشاي. ولكن قبل ذلك لم تنس أن تنحني لتلمس قدميها وتتبارك. عادت إلى طاولة طعامهم مع با وجلست معًا للتحدث. في الأيام الأخيرة لم يتدرب سوارانجالي (رياض). طلبت من بارث أن يتصل ببهافيك ويطلب منه إحضار تانبورا إلى منزله. ستستغرق ساعة واحدة فقط لرياض. في غضون ساعة جاء بهافيك مع تانبورا. قدم له فالغونيبين الحلويات والشاي. بعد الإفطار مع جميع الآخرين، غادر.

Ba Became Happy

أراد سوارانجالي الغناء لغرضين. أولاً، أرادت أن تستمر ممارستها اليومية التي توقفت لمدة أسبوع كامل ؛ ثانياً، أرادت أن تجعل با سعيدة. لذلك أخذت تانبورا إلى غرفة با واستقرت هناك. كانت با سعيدة جدًا برؤية زوجة ابنها تغني خصيصًا لها. كانت الساعة التالية آسرة. استوفى سوارانجالي جميع متطلبات مزرعة با. مباشرة من "Meera ke prabhu" إلى "Jai Jagadish"..، وغيرها الكثير. بعد وقت طويل، كانت با سعيدة للغاية كما لو أنها حققت كل أحلامها. كان بارث يراقب كل شيء من مسافة بعيدة. وشكر والده من الداخل على مجيئه إلى الولايات المتحدة وإقناعه هو ولورا فيما يتعلق باختلافاتهما الثقافية. الحمد لله أنه ولورا وافقا على الانفصال. سوارا مناسب تمامًا لعائلته. إنها ببساطة جوهرة. سيفعل كل شيء لإبقاء سوارانجالي سعيدًا. بعد رياض، أخذ كلاهما الإذن بالخروج لبعض التسوق.

بناءً على طلب سوارانجالي، اتصل بارث بسانجيتا وطلب منها الحضور إلى مطعم قريب. كانت سانجيتا في حرم الجامعة. وافقت على المجيء. بعد مرور بعض الوقت، كان الثلاثة يضحكون ويتحدثون بحرية. لم يكن هناك أي سوء فهم على الإطلاق. في حديثهم، أصبح ماماجي أكبر المذنبين. لكن سانجيتا كان قد سامح ماماجي بالفعل. كيف خطط بدقة لكل شيء وأقنع سوارانجالي بالتحدث إلى بارث في اليوم الآخر. مع ملاحظات وتحيات جيدة، غادرت سانجيتا إلى الحرم الجامعي مرة أخرى.

ذهب كلاهما إلى متجر إداري واشترى بعض العناصر الضرورية اللازمة لهذه الجولة. قبل عودتهما إلى المنزل، ذهب كلاهما إلى منزل ماماجي. كان بارث قد اشترى كورتا حرير بهاجالبوري له. كان ماماجي سعيدًا جدًا وبارك بارث. لم يكن لدى سوارانجالي كلمات لشكر ماماجي. كان هو الذي جعل هذا الزواج ممكنًا. كانت محظوظة للغاية لوجود ماماجي على جانب وبارث على الجانب الآخر. كانت تبكي وهي تشكر ماماجي مرارًا وتكرارًا. عادوا إلى ديارهم وجلس بارث مع والده لإنهاء بعض الصفقات المالية. ذهبت سوارانجالي إلى غرفتها وانتهت من حزم أمتعتها. احتفظت بملابس بارث على السرير وانتظرت أن يأتي بارث لإنهاء حقائبه. بعد ذلك ذهبت إلى المطبخ للإشراف على إعداد عشاء الليلة. على طاولة الطعام جلس سوارانجالي بالقرب من با وطلب من بارث الجلوس بجانب با على الجانب الآخر. كل عمل من أعمال سوارانجالي جعل با أكثر سعادة من أي وقت مضى. بعد العشاء، اتصلت با بسوارانجالي بالقرب منها وأخرجت خاتمها المرصع بالماس ووضعته في إصبع سوارانجالي. مرة أخرى انزلقت الدموع من عيني سوارانجالي. كم تحب هذه العائلة بارث! قالت فالغونيبين، والدة بارث مبتسمة: "هل تعرف سوارا، كلما طلبت من با أن تقدم لي هذا الخاتم الماسي، رفضت رفضًا قاطعًا وقالت إن هذا الخاتم مخصص لزوجة حفيدتي. اليوم حصل هذا الخاتم على مالكه الحقيقي.

بعد العشاء، طلب الجميع القهوة من سوارانجالي. كانت أكثر من سعيدة لإلزام الجميع. ذهبت إلى المطبخ وأحضرت صينية بها أربعة أكواب من القهوة وذهبت إلى غرفتها. "أخبرني من هو الأكثر حظًا،

أنت أم أنا ؟" سأل سوارانجالي بارث. كانت بارث مستلقية على السرير وكانت تجلس بالقرب منه تداعب شعره. "مما لا شك فيه أنه أنا، لأنني أحبك أنت وهذه العائلة الرائعة." قال بارث وهو يمسك يدها. "ربما أكون أنا. لم أتخيل أبدًا أن حياتي فجأة ستأخذ منعطفًا مثل هذا. في غضون أسبوعين حصلت على أكثر مما يمكن أن تحلم به الفتاة ". أجاب سوارانجالي.

عرضت خاتمها الماسي على بارث، الموهوب من قبل با. رسم بارث إصبع الخاتم وقبّله. "لم يسبق لي أن رأيت با سعيدًا جدًا. شكرًا جزيلًا لك ". قال وجذبها نحوه. وجد سارانجالي أن أيدي بارث نشطة للغاية. وضعت صفعة خفيفة على يده. نظرت إليه. قالت: "أنت ميؤوس منك" وأخرجت يدها من خط خصرها. ثم ألقت نظرة أنثوية مبتسمة. لم تفوت بارث ابتسامتها "موناليسا".

الفصل السادس
تبدأ الرحلة لشهر العسل الغامض

كولكاتا: معبد داخشينشوار، بيلور ماث

في اليوم التالي، تجمع جميع الأعضاء وهم هيرينبهاي وهيتالبين وبهافيك وكافيا ودارمشبهاي ومالتيبين وديفانجبهاي وبا وفالغونيين وبارث وسوارانجالي في مطار أحمد أباد قبل ساعتين من الموعد المحدد للرحلة الجويّة المتجهة إلى كولكاتا. بعد تسجيل الوصول وجمع تصاريح الصعود إلى الطائرة، دخلوا إلى قاعة الانتظار. كانت الرحلة في الوقت المناسب وبمجرد الإعلان، انضموا إلى قائمة الانتظار ببطاقة الصعود الخاصة بهم على التوالي. كانت سوارانجالي دائمًا مع با ببطاقة صعودها إلى الطائرة. دخلوا الطائرة وأخذوا مقعدهم المخصص. كما تم إعطاء المواطن المسن با صفًا أماميًا. جلس بارث وسوارانجالي معها. ساعدتها على وضع حزام

الأمان وطلبت منها أن تكون مرتاحة. أثناء الإقلاع، أمسك سوارانجالي بيد با حتى تم نقل الطائرة جواً. استغرق الأمر ما يقرب من ساعتين ونصف للوصول إلى مطار كلكتا. خلال الرحلة، تناولوا الشاي والقهوة والوجبات الخفيفة التي تم حجزها في وقت سابق مع التذاكر. نزلوا من الطائرة واستقبلهم فريق الترحيب بالرحلة البحرية. كانت هناك سيارتان فاخرتان تنتظرانهما خارج المطار.

تم نقلهم مباشرة إلى "نهر غانغا فيلاس". أعطى المراقب بطاقات لوضعها على الأمتعة مع أرقام غرفهم المعطاة أثناء الحجز. وفقًا لذلك، تم وضع العلامات. أخذت المرافقة تلك الحقائب ووضعت عربة. من خلال مصعد الأمتعة، تم إرسالهم إلى الطابق العلوي. تم الاحتفاظ بالأمتعة في غرف محترمة. تم إغلاق الغرف بشكل صحيح وتم تسليم المفاتيح إلى هيرينباي. تم تقديم مشروب ترحيبي للضيوف. ثم طُلب منهم الذهاب إلى غرفهم الخاصة. كانت سفينة كبيرة. أرادوا جميعًا رؤية الطابق السفلي قبل الذهاب إلى غرف الطابق العلوي. كان للرحلة البحرية بأكملها نوافذ كبيرة على كلا الجانبين. يمكن فتح النوافذ إذا أراد الضيوف الاستمتاع بنسيم الجانج.

في نهاية الجانب الآخر وجدوا حمام سباحة كبير. اتصلت سوارانجالي بكافيا وطلبت منها أن تأخذ با إلى غرفتها. وبناءً على ذلك، أخذت كافيا با إلى غرفتها. كانت غرفة مزينة بشكل جميل تحتوي على جميع وسائل الراحة مع شرفة للاستمتاع بإطلالة على النهر. ساعدت كافيا با على فتح أمتعتها وتوجيهها نحو الحمام. بعد مرور بعض الوقت، خرج با وطلب من كافيا أن تنتعش. تلقت كافيا مكالمة من سوارانجالي لمعرفة ما إذا كان كل شيء على ما يرام. أبلغت كافيا أن با سعيدة ومريحة للغاية. أراد با أن يشرب كوبًا من الشاي بدون سكر. أبلغت كافيا سوارانجالي وفقًا لذلك. بعد فترة، كان هناك طرق على الباب. جاء نادل مع صينية مع الشاي وبعض الوجبات الخفيفة. بعد تناول الشاي، أراد با الحصول على بعض الراحة. كان الجو محمومًا للغاية طوال اليوم. كان السرير جاهزًا ؛ عدلت كافيا مكيف الهواء عند 27 درجة. ذهب با إلى السرير. غطتها كافيا ببطانية رقيقة. ثم أخذت الإذن وخرجت من المقصورة. انضمت إلى المجموعة على جانب حمام السباحة. كانوا يتحدثون

ويضحكون. كان الجميع يتناولون إفطارهم البنغالي المكون من بوري وسد الوو وروزوغولا الشهير. انضمت إليهم كافيا.

ذهب بهافيك مع طبقه في يده بالقرب من نهاية سطح السفينة حيث كان المنظر 180 درجة لنهر الجانج واضحًا وواضحًا. صرخ من هناك ودعا باث وسوارانجالي. رتب لهم على عجل كرسيين. بحلول الوقت الذي وصلوا فيه، جاء النادل ومعه كأسين وزجاجة سبرايت. شكر بارث بهافيك وأشار إليه بمغادرة المكان مبتسماً. ابتسم بهافيك وغادر المكان لاستكشاف مناطق أخرى من الرحلة البحرية. فتح بارث الزجاجة وصب العفريت في كوبين. ثم أعطى واحدة لسوارانجالي وأخذ أخرى له. بدأوا في التغريد مثل طيور الحب. كانت إحدى السفن السياحية تمر من الاتجاه المعاكس. لوح ركاب سفينة أخرى بأيديهم، ورد بارث وسوارانجالي بالمثل. بعد مرور بعض الوقت، قرروا جميعًا الذهاب إلى غرفهم الخاصة. كانوا سعداء للغاية للعثور على غرفهم مزينة بشكل جميل مع إطلالة واضحة على نهر الجانج.

وجاء الإعلان بأن الرحلة البحرية ستبدأ الآن رحلتها. ستكون هناك جولة قصيرة في كلكتا لعرض العديد من المواقع السياحية مثل نصب فيكتوريا التذكاري والقبة السماوية بيرلا والمتحف الهندي والمكتبة الوطنية. المحطة الأولى ستكون Belur Math. وهو مقر بعثة راماكريشنا، التي أسسها سوامي فيفيكاناندا، التلميذ الرئيسي لراماكريشنا باراماهامسا. سيستغرق الوصول إلى هناك حوالي ساعة واحدة. سيكون هناك توقف لمدة ساعة واحدة للركاب لرؤية مكان الحج. مع الكثير من المرح من موظفي دعم الرحلات البحرية، بدأت السفينة المائية الضخمة في التحرك. فجأة اجتاحت أصوات "دورغا دورغا" الجو. هتف جميع ركاب الرحلة البحرية باسم الإلهة دورغا من أجل رحلة آمنة. هذا هو التقليد القديم للبنغال. في كل منزل كلما خرج شخص ما من المنزل بسبب عمله، كان العضو المسن يهتف دائمًا "دورغا دورغا" للصلاة إلى الإلهة الأم ليبارك الشخص.

جولة في مدينة كلكتا: استكشاف القلب الثقافي للهند

رتبت سفينة الرحلات البحرية "River Ganga Vilas" الحافلات للقيام بجولة قصيرة حول كلكتا. لكن الجولة ستكون من الحافلة نفسها. لن ينزل أحد من الحافلة. سيشرح الدليل جميع البقع بتفاصيل رائعة.

كولكاتا، التي تسمى غالبًا مدينة الفرح، هي مدينة نابضة بالحياة تمزج السحر الاستعماري بالديناميكية الحديثة. تبدأ جولتك في المدينة في نصب فيكتوريا التذكاري الشهير، وهو نصب تذكاري مذهل من الرخام الأبيض تحيط به الحدائق المورقة. تم بناء النصب التذكاري تكريماً للملكة فيكتوريا، ويضم متحفًا مثيرًا للإعجاب مع معروضات تتعمق في الماضي الاستعماري للهند. بعد ذلك، تزور المتحف الهندي، أحد أقدم وأكبر المتاحف في الهند. تضم مجموعتها الواسعة القطع الأثرية القديمة والمنحوتات ومومياء مصرية رائعة. يوفر المتحف غوصًا عميقًا في التاريخ الغني والثقافات المتنوعة للهند.

من هنا، توجه إلى كاتدرائية القديس بولس، وهي أعجوبة معمارية على طراز الإحياء القوطي. توفر أجواءها الهادئة ونوافذها الزجاجية الملونة الجميلة ملاذًا هادئًا من صخب المدينة وحياتها الصاخبة. واصل جولتك بزيارة منطقة السوق الجديدة الصاخبة، وهي جنة للمتسوقين. هنا، يمكنك استكشاف عدد لا يحصى من المحلات التجارية التي تبيع كل شيء من المنسوجات التقليدية إلى الموضة الحديثة، وتذوق طعام الشوارع المحلي مثل البوشكا ولفائف الكاثي.

بعد فورة التسوق، شق طريقك إلى ميدان هادئ وواسع، وغالبًا ما يشار إليه باسم رئتي كلكتا. تعد هذه الحديقة الحضرية الشاسعة مثالية للتنزه على مهل وتقدم لمحة عن الحياة اليومية للكولكاتان، مع مباريات الكريكيت وركوب الخيل والنزهات. مع انتهاء اليوم، توجه إلى مقبرة شارع ساوث بارك، وهي بقعة تاريخية وهادئة، حيث يمكنك استكشاف المقابر القديمة والتأمل في الماضي الاستعماري للمدينة. اختتم جولتك في بارك ستريت، مركز الترفيه في المدينة، حيث يمكنك تناول الطعام في أحد مطاعمها الشهيرة العديدة، والاستمتاع بمزيج من المأكولات البنغالية التقليدية والأطباق المعاصرة. إن تراث كلكتا الثقافي الغني وجمالها المعماري وحياة الشوارع النابضة بالحياة تجعلها مدينة لا مثيل لها، مما يوفر تجربة لا تنسى لكل زائر. انضم الركاب إلى الرحلة البحرية.

"نهر الجانج فيلاس" يبحر نحو بيلور الرياضيات.

كان من المذهل للجميع مشاهدة جسر هوراه الشهير في المقدمة وجسر فيفيكاناندا في خلفية الرحلة البحرية. كانت الضفاف ذات المباني الصغيرة والشاهقة تمر ببطء في الاتجاه المعاكس ؛ واقترب جسر هورا. لقد رأوا لأول مرة ضخامة البناء. لقد كانت أعجوبة. كان بارث وسوارانجالي يجلسان في الشرفة ويلاحظان الخلق الرائع للبشرية المارة. عندما عبروا تحت الجسر، لم يصدقوا عيونهم. تعقيد التقاطع المتقاطع لعوارض حديدية طويلة لصنع طريق مكون من 10 حارات في الأعلى. مرت سفينتهم ببطء بالقرب من الجسر لدرجة أنه كان هناك شعور بأنهم يستطيعون لمس الجسر بسهولة. كان شعورًا نسبيًا. كان أعلى بكثير ؛ ومع ذلك شعروا أنهم قريبون جدًا. كان ساحرًا. وببطء عبر الجسر الرحلة وذهب وراءه. مرة أخرى رأوا آلاف المركبات والمشاة يعبرون نهر الجانج من كلا الطرفين على الجسر. كان سوارانجالي يجلس قريبًا جدًا من بارث. كانت تدندن أغنية "Agar tum saath ho..." من فيلم Tamasha. أمسك

بارث يدها. وضعت سوارانجالي رأسها على كتف بارث وواصلت طنينها. لا أحد يعرف ما إذا كان الزوجان يستمتعان الآن بنسيم نهر الجانج البارد أم أنهما كانا في حالة تخلي سامادي عن الشعور بأي شيء. لكنهم كانوا يستمتعون بكل ثانية من تعاونهم. لم يدركوا حتى أن وجهتهم الأولى لـ Belur Math قد وصلت. سمعوا إعلانًا بأنه سيكون هناك توقف لمدة ساعة واحدة. يجب أن ينزل الجميع من السفينة ويذهبون إلى المعبد. ستبدأ الصلاة قبل "بهوج" قريبًا. بعد ذلك سيكون هناك "برافاتشان". كان با سعيدًا جدًا. ساعدتها كافيا على النزول من الرحلة البحرية. كما تابع جميع الأعضاء با. بحلول هذا الوقت، انضم إليهم كل من سوارانجالي وبارث. نزل جميع الركاب البالغ عددهم 250 شخصًا واقتربوا من البوابة الرئيسية للمعبد. كانت إدارة الرحلات البحرية قد حددت بالفعل 10 أفراد لتشكيل 10 مجموعات من 25 راكبًا لإظهار ووصف أهمية كل وحدة من مقر المعبد في مهمة راماكريشنا. كما رافقت عائلة بارث مرشدهم للجولة. اقترح بارث أن با لا يحتاج إلى المشي كثيرًا. يجب أن تحضر بشكل أفضل بوجا وبوغ وأراتي والوعظ من قبل المهراجي الرئيسي للرياضيات. وافق الجميع على الاقتراح. طلبت سوارانجالي من بارث أن تكون مع با وطلبت منه أن يكون معهم. وافق بارث. شكر با الله أن بارث سيكون بجانبها لبعض الوقت.

ذهب بارث وسوارانجالي وبا إلى المعبد، يليهم أفراد آخرون من العائلة. جميعهم حضروا البوجا. بعد ذلك غادر الثلاثة القاعة للقيام بجولة لمشاهدة المعالم السياحية. بعد بهوج وأراتي، جاء مهراجي وجلس على منصة قيادته. بعد التحية بدأ مع ستافان من راماكريشنا باراماهامسا وبدأ خطابه. تحدث عن موضوع المحاضرة. كان عن تاريخ بداية الرياضيات لسوامي فيفيكاناندا. ووصف التفاصيل خطوة بخطوة.

الخطوة الأولى:

الأساس والرؤية:

أسس سوامي فيفيكاناندا، التلميذ الرئيسي لـ Sri Ramakrishna Paramahamsa، Belur Math، مقر Ramakrishna Math and Mission. أسس سوامي فيفيكاناندا بيلور ماث في عام 1897 على الضفة الغربية لنهر هوغلي (جانغا) على الجانب الآخر من معبد داكشينشوار كالي حيث اعتاد سري راماكريشنا باراماهامسا على عبادة إلهه ماتا كالي. رغب سوامي فيفيكاناندا في إنشاء شيء لا يحمي إرث معلمه فحسب، بل يخلق أيضًا مركزًا روحيًا يجسد تعاليم وفلسفات معلمه سري راماكريشنا. تصور سوامي فيفيكاناندا Belur Math كمكان يمكن أن يتعايش فيه الوئام الديني والخدمة الاجتماعية والممارسة الروحية بشكل متناغم. كان من المفترض أن تكون بمثابة مركز لنشر تعاليم فيدانتيك وقاعدة لمختلف الأنشطة الخيرية لبعثة راماكريشنا. تعكس بنية الرياضيات هذه الرؤية، حيث تجمع بين الزخارف الهندوسية والمسيحية والإسلامية، والتي ترمز إلى وحدة جميع الأديان.

الخطوة الثانية:

الأهمية المعمارية:

المعبد الرئيسي لبيلور ماث، الذي تم تكريسه في عام 1938، هو أعجوبة معمارية. صممه سوامي فيفيكاناندا، التلميذ المباشر لسري راماكريشنا ومهندس مدني، ويرمز التصميم الفريد للمعبد إلى المبدأ الأساسي لحركة راماكريشنا - انسجام الأديان. تتضمن بنية المعبد عناصر من أنماط دينية مختلفة:

العمارة الهندوسية: يشبه مدخل المعبد ستوبا بوذية، في حين أن القبة المركزية مستوحاة من العمارة الهندية.

العمارة المسيحية: يعكس السقف العالي والأقواس في قاعة الصلاة الرئيسية النمط المعماري للكاتدرائيات المسيحية.

العمارة الإسلامية: تتميز النوافذ والشرفات بتصميمات معقدة تذكرنا بالعمارة المغولية.

يهدف تصميم المعبد إلى إيصال رسالة مفادها أن جميع المسارات تؤدي إلى نفس الهدف الإلهي، مع التأكيد على وحدة وتناغم الأديان المختلفة.

الخطوة الثالثة:

التطوير والتوسع:

نمت Belur Math بشكل ملحوظ منذ إنشائها. قضى سوامي فيفيكاناندا وأخوه التلاميذ حياتهم في نشر تعاليم سري راماكريشنا وإنشاء مراكز مختلفة في جميع أنحاء الهند وخارجها. أصبحت Belur Math المركز العصبي لهذه الأنشطة، حيث وجهت المساعي الروحية والاجتماعية للرياضيات والرسالة في راماكريشنا. اليوم، تضم Belur Math العديد من المؤسسات، بما في ذلك الدير. تم تخصيص معبد لـ Sri Ramakrishna والمؤسسات التعليمية والخيرية. يجذب الجو الهادئ لـ Belur Math الآلاف من الزوار والمحبين والباحثين الروحيين من جميع أنحاء العالم.

الخطوة الرابعة:

رمز مهمة راماكريشنا:

تم تصميم شعار مهمة راماكريشنا من قبل سوامي فيفيكاناندا. إنه الوصول في الرمزية ويلخص الفلسفة الأساسية للمهمة. يتكون الشعار بشكل أساسي من 6 عناصر موصوفة على النحو التالي:

العنصر 1: البجعة: تمثل باراماتمان (الذات العليا)، البجعة هي رمز للنقاء والتمييز الروحي. إنه يدل على القدرة على فصل الحقيقي عن الكاذب، الحقيقي عن غير الواقعي، وهو الجانب الرئيسي للممارسة الروحية.

العنصر 2: اللوتس: يرمز اللوتس إلى باراماتمان، والغطاء الروحي، والنقاء. في الهندوسية، اللوتس هو رمز للسمو وإدراك الذات، لأنه لا يزال غير ملوث على الرغم من نموه في المياه الموحلة.

العنصر 3: المياه المموجة: تمثل المياه المموجة الكرمة (العمل) والسامسارا (العالم). تشير الأمواج إلى النشاط المستمر للحياة والدورة المستمرة للولادة والموت والولادة من جديد. الانخراط في العمل غير الأناني دون ارتباط هو طريق التحرر.

العنصر 4: الشمس المشرقة: ترمز الشمس المشرقة إلى جيانا (المعرفة). مثلما تبدد الشمس الظلام، تبدد المعرفة الحقيقية الجهل وتؤدي إلى الصحوة الروحية.

العنصر 5: الثعبان المحيط: الثعبان يمثل اليوغا والكونداليني شاكتي (الطاقة الروحية). إنه يرمز إلى صحوة القوة الروحية والانضباط المطلوب لتحقيق الذات.

العنصر 6: الشعار: يعني شعار "Atmanomoksharthamjagathitaya cha" "من أجل خلاص المرء ورفاهية العالم". ويعكس الغرض المزدوج تركيز البعثة على كل من النمو الروحي الشخصي والخدمة الاجتماعية. وبالتالي، فإن الشعار يدل على المزج المتناغم بين اليوغا الأربعة وهي كارما يوغا (مسار العمل غير الأناني)، وبهاكتي يوغا (مسار التفاني)، وجيانا يوغا (مسار المعرفة)، وراجا يوغا (مسار التأمل)، مما يؤدي إلى الهدف النهائي المتمثل في تحقيق الذات وخدمة الإنسانية.

الخطوة الخامسة:

أنشطة بعثة راماكريشنا:

تقوم بعثة راماكريشنا المستوحاة من تعاليم راماكريشنا وسوامي فيفيكاناندا، بمجموعة واسعة من الأنشطة التي تهدف إلى الارتقاء الروحي والتعليمي والاجتماعي. يمكن تصنيف هذه الأنشطة على نطاق واسع إلى أعمال روحية وتعليمية وطبية وإغاثية.

1. الأنشطة الروحية:

الخطابات والصفوف: تجري البعثة خطابات روحية منتظمة، ودروس، ومعتكفات لنشر تعاليم فيدانتا وسري راماكريشنا. تم تصميم هذه الجلسات لمساعدة الأفراد في رحلتهم الروحية وتقديم التوجيه بشأن التأمل والصلاة والحياة الأخلاقية.

المنشورات: تنشر البعثة الكتب والمجلات والدوريات حول الموضوعات الروحية والفلسفية. تشمل المنشورات البارزة "الأعمال الكاملة لسوامي فيفيكاناندا" و "محاضرة راماكريشنا ـ فيفيكاناندا"

المراكز والأشرم: تدير البعثة العديد من المراكز والأشرم في جميع أنحاء الهند وخارجها مما يوفر بيئة مواتية للممارسة الروحية والتأمل وتحقيق الذات.

2. الأنشطة التعليمية:

المدارس والكليات: تدير البعثة المدارس والكليات ومراكز التدريب المهني، وتوفر التعليم الجيد لآلاف الطلاب. تهدف هذه المؤسسات إلى نقل التعليم الشامل، والجمع بين التفوق الأكاديمي والقيم الأخلاقية والروحية.

المنح الدراسية والمساعدات: تقدم البعثة منحًا دراسية وتعليمًا مجانيًا وأشكالًا أخرى من المساعدة للطلاب المحرومين، مما يضمن عدم إعاقة القيود المالية لتطلعاتهم التعليمية.

3. الأنشطة الطبية:

المستشفيات والمستوصفات: تدير البعثة المستشفيات والمستوصفات والوحدات الطبية المتنقلة التي تقدم الخدمات الطبية للناس في كل من المناطق الحضرية والريفية. توفر هذه المرافق الرعاية الصحية الشاملة، بما في ذلك خدمات العيادات الخارجية والمرضى الداخليين والعمليات الجراحية والعلاجات المتخصصة.

المخيمات الصحية: تجري البعثة مخيمات صحية وبرامج توعية منتظمة لتوفير الرعاية الطبية في المناطق النائية والمحرومة من الخدمات. تقدم هذه المخيمات خدمات مثل الفحوصات الصحية العامة ومخيمات العيون وحملات التحصين.

4. أعمال الإغاثة والتأهيل:

الإغاثة في حالات الكوارث: تشتهر البعثة بأعمال الإغاثة السريعة والفعالة في حالات الكوارث. وهو يوفر المساعدة الفورية وإعادة التأهيل على المدى الطويل لضحايا الكوارث الطبيعية مثل الفيضانات والزلازل والأعاصير. وتشمل جهود الإغاثة توزيع الغذاء والملبس والمأوى والرعاية الطبية.

الرعاية الاجتماعية ؛ وتضطلع البعثة بمشاريع مختلفة للرعاية الاجتماعية، بما في ذلك التنمية الريفية وتمكين المرأة ودعم المجتمعات المهمشة. تهدف هذه المبادرات إلى تحسين نوعية الحياة وتعزيز الاعتماد على الذات بين المستفيدين.

عندما اختتم المهراجي وصف أنشطة مهمة راماكريشنا، أصبح با عاطفيًا. أرادت أن تفعل شيئًا من جانبها. قالت بارث وسوارانجالي عن رغبتها. قرروا التبرع بسيارة إسعاف للأنشطة الطبية للبعثة. اقتربوا من المهراجي وكشفوا عن رغبتهم. كان مهراجي سعيدًا جدًا وتم الإعلان أمام التجمع. وانتهى الاجتماع بصلاة. كان لا يزال هناك نصف ساعة متبقية. خرجوا من القاعة وانضموا إلى أفراد الأسرة الآخرين. كانوا سعداء للغاية عندما علموا أن Ba قد قرر

التبرع بسيارة إسعاف إلى Sri Ramakrishna Math. ابتعد ديفانغبهاي قليلاً عن المجموعة. أراد أن يفاجئ با. اتصل على الفور بمديره في أحمد أباد وأمره بالاتصال بتاجر في كلكتا يتعامل مع سيارة الإسعاف. يجب عليهم تسليم سيارة الإسعاف في غضون نصف ساعة. يجب عليه تحويل الأموال في أسرع وقت ممكن.

في غضون نصف ساعة، وصلت سيارة إسعاف جديدة إلى المبنى. تم استدعاء المهراجي والرهبان الآخرين لتلقي التسليم. فوجئ الجميع خاصة با. سلم بارث وبا وسوارانجالي مفتاح سيارة الإسعاف إلى بيلور ماث تشيف سانت. عندما سئلوا عن الاسم، قالوا ببساطة "عائلة ديف لأحمد أباد". عادوا وشرعوا في الرحلة البحرية. أعلنت إدارة الرحلة البحرية عن وقت الغداء. اجتمع الجميع في قاعة الطعام بالسطح المعني. انتعش بارث وسوارانجالي وانضما إلى الجميع في قاعة الطعام. وأشاد ضيوف آخرون على متن السفينة بتحركهم السريع لتقديم سيارة إسعاف إلى بعثة راماكريشنا. كان ديفانغبهاي سعيدًا جدًا لرؤية أن والدته كانت راضية. قال بصمت لزوجته فالغونيين إن بارث وسوارانجالي مع با طوال الوقت.

كان هناك 30 طاولة مع أربعة كراسي لكل منها. قرروا جميعًا الجلوس على جانب غرفة با. انضم المساعدون إلى 5 طاولات على التوالي ورتبوا الغداء حسب الطلب. لم يغادر بارث وسوارانجالي با. جلسوا بجانبها. بدأوا جميعًا في وصف تجاربهم في Belur Math. فجأة قال با: "هل تعلم، عندما قررت أن أفعل شيئًا للمهمة، من أعطى فكرة إهداء سيارة إسعاف ؟"

صاح الجميع معًا: "فكرة من با ؟".

"كان سوارانجالي هو من أعطى هذه الفكرة". نظر الجميع إلى سوارانجالي وأشادوا بحضورها الذهني.

جاء إعلان في مكبر الصوت على سطح السفينة. "اليوم، في الساعة السابعة، سترسو السفينة في معبد داكشينشوار كالي باري لبوجا أراتي. الآن الساعة 2 مساءً. نحن نتجه نحو جانب جانجا ساجار. سنرسو في منطقة ميناء دايموند هاربور. ثم عد إلى معبد كالي ". كان الجميع سعداء. توجه الجميع نحو مقصوراتهم. تم تسليم با إلى كافيا. ذهب بارث وسوارانجالي إلى الجانب الآخر من السطح باتجاه

مقصورتهما. فتح بارث الثلاجة لتناول كوب من عصير البرتقال البارد. ساعده سوارانجالي في الزجاج. جلس كلاهما على أريكة وشاركا العصير من نفس الكوب. عندما انتهوا، طلب منها بارث الاقتراب. أصبحوا قريبين، قريبين جدا. وضع بارث كلتا يديه على الفرخ وقبلها ببطء على جبينها، ثم عينيها، ثم على شفتيها. وضع سوارانجالي رأسها على كتفه. جلسوا في هذا الوضع لبعض الوقت. ثم ذهبوا إلى السرير لأخذ قسط من الراحة. كان سوارانجالي يحدق في بارث. قبل أسبوعين فقط كان هذا الرجل غريبًا والآن هو الأقرب على الإطلاق. أرادت الانتظار لمدة ثلاث سنوات. ماذا لو لم يتصرف ماماجي كما فعل ؛ ماذا لو استطاع بارث اختيار سانجيتا ؟ شكرت سبحانه وتعالى على كل شيء. كانت تداعب شعره ببطء. أعجبت بارث بلمستها. كان ينظر إلى سوارانجالي. رأوا بعضهم البعض وابتسموا.

كانت الرحلة البحرية تبحر نحو جسر فيفيكاناندا. كانت أعجوبة أخرى. من مسافة بعيدة كان الأمر أشبه بساحر يمسك بعض الحبال في كلتا يديه ويمسك الجسر الضخم. اقتربت ببطء. كان جميع الركاب يستمتعون بالجمال الخلاب لإبداع الرجل الفريد على النهر. مثل جسر هورا، عبرت الرحلة البحرية الجسر من الأسفل. كان جميع المسافرين يتطلعون إلى رؤية بنائه الفريد من الأسفل. بحلول الساعة 4:30 مساءً وصلت الرحلة البحرية بالقرب من الميناء. استقرت هناك لمدة ساعة. نزل العديد من الركاب لرؤية الميناء. بعد مشاهدة غروب الشمس، ستبدأ السفينة في العودة إلى كاليباري.

يقع دايموند هاربور عند ملتقى نهر هوغلي وخليج البنغال، وهو ملاذ هادئ وخلاب من حياة مدينة كلكتا الصاخبة. الميناء غارق في التاريخ، واسمه يستحضر صور العظمة الاستعمارية والمغامرات البحرية. عندما تقترب من دايموند هاربور، يصبح الهواء أكثر نضارة، ويغمره تانغ مالح خفيف يلمح إلى البحر القريب. تنتقل المناظر الطبيعية من الفوضى الحضرية إلى بيئة أكثر هدوءًا، حيث تخلق خطوط المساحات الخضراء المورقة وضفاف النهر والتأثير اللطيف لأشجار النخيل رقصة إيقاعية في النسيم. الميناء نفسه هو مزيج من الجمال الطبيعي والسحر التاريخي. تتلألأ مياه نهر هوغلي

تحت أشعة الشمس، وغالبًا ما ينتشر سطحها بالقوارب والعبارات التي تضيف لمسة حيوية إلى البيئة الهادئة. على طول الواجهة البحرية، تقف المباني التي تعود إلى الحقبة الاستعمارية كشهود صامتين على الحقبة الماضية، وواجهاتها المجوية التي تحكي حكايات عن التجارة والاستكشاف.

واحدة من مناطق الجذب الرئيسية في دايموند هاربور هي الإطلالة الرائعة على غروب الشمس. عندما تبدأ الشمس في الهبوط، تتحول السماء إلى لوحة من الألوان النابضة بالحياة - البرتقالي والوردي والذهبي - توهج سحري فوق الميناء. يخلق انعكاس غروب الشمس على النهر مشهدًا ساحرًا، وهو مثالي للنزهة المسائية الهادئة على طول المتنزه. كما يقدم الميناء لمحة عن طريقة الحياة المحلية. يمكن رؤية الصيادين يلقيون شباكهم، وصورهم الظلية تخلق مشهدًا خلابًا على خلفية غروب الشمس. يعج السوق القريب بالنشاط، ويقدم صيدًا جديدًا لليوم ومجموعة متنوعة من الأطباق المحلية، مما يجعله ممتعًا لكل من العينين وبراعم التذوق. بالإضافة إلى جاذبيتها الطبيعية والتاريخية، يعد Diamond Harbor أيضًا بوابة لمختلف مناطق الجذب القريبة. تقع جزيرة ساجار، المشهورة بغانغاساغار ميلا السنوية، وشاطئ باكالي، برمالها البكر ومياهها الهادئة على بعد رحلة قصيرة، مما يوفر المزيد من الفرص للاستكشاف والاسترخاء. في جوهره، يعد Diamond Harbor مزيجًا مثاليًا من الطبيعة والتاريخ والثقافة المحلية، مما يجعله ملاذًا ساحرًا يعد بالهدوء ولمسة من المغامرة.

كان غروب الشمس على نهر هوغلي في دايموند هاربور متعة تستحق المشاهدة. تغرب الشمس في وقت مبكر في الشرق مقارنة بغرب الهند. بحلول الساعة السادسة والربع مساءً، تجمع جميع أعضاء الرحلة البحرية بالقرب من درابزين السطح. تم وضع ثلاثة سلالم طويلة للركاب للجلوس والاستمتاع بغروب الشمس مع فنجان من القهوة أو الشاي ليقدمه مقصف الرحلات البحرية مع الوجبات الخفيفة المسائية.

مع انخفاض الشمس، تتكثف الألوان، وتتعمق في ظلال غنية من اللون القرمزي والبنفسجي. تستحضر السماء الآن تحفة فنية للطبيعة إحساسًا بالعجب والسلام. يتميز الانتقال من النهار إلى الليل بسكون

عميق، كما لو أن العالم يتوقف ليشهد المعجزة اليومية. يتجمع الأزواج وعائلات الرحلة البحرية على طول الكورنيش، وتضيء وجوههم بالضوء الباهت، ويتشاركون الجمال الهادئ للحظة. يمتلئ الهواء بشعور من الهدوء والوحدة، حيث يتم جذب الجميع معًا من خلال التجربة المشتركة لغروب الشمس. تحول السماء الغربية نفسها للحظات إلى سماء راقصة ملونة في نصف الكرة الشمالي. كانت ملايين الألوان التي تخلق تصاميم الله الخاصة التي تتغير كل ثانية في الأفق آسرة. في هذه اللحظات العابرة، يصبح ميناء الماس مكانًا للسحر والصفاء، حيث يبدو أن الوقت يقف ساكنًا، ويحتل جمال الطبيعة مركز الصدارة، مما يترك انطباعًا لا يمحى على جميع الذين يشهدونه. كان با يعبد إله الشمس بأيدي مطوية. لم تتوقع أبدًا أن يخلق حفيده بارث مثل هذه الفرصة لها. شكرت سبحانه وتعالى على كل ما حدث منذ الأسبوعين الماضيين.

كانت رحيلًا ساحرًا في المساء. فجأة تومض جميع الأضواء الملونة للرحلة البحرية معًا لخلق هجمة ليلية متوهجة. عاد جميع الركاب إلى طوابقهم الخاصة. انفجرت الرحلة البحرية في البوق الطويل لإعلان رحلتها عائدة نحو معبد داكشينشوار كالي. عبرت السفينة فيفيكاناندا سيتو مرة أخرى وتوجهت نحو جسر هوراه. تم تزيين كلا الجسرين بأضواء راقصة ملونة. عندما وصلت السفينة إلى منتصف الجسرين، أصبح من الصعب الحكم على تفوق أحدهما على الآخر. كلاهما أيقونات كلكتا. كانت جميع المباني الاستعمارية القديمة المزينة بشكل جيد تمر. كانت الأرصفة الصغيرة مشغولة بنقل الركاب يوميًا من خلال عمليات إطلاق صغيرة. كانت قوارب العبارات مضاءة بالفوانيس المعلقة التي تعبر ببطء. بحلول الوقت الذي عادوا فيه إلى الحواس، كانوا بالقرب من جسر هورا الضخم. من مسافة بعيدة وجدوا أمامهم لون الهند الثلاثي الضخم. خلال المساء، لم يكن هناك شيء مرئي باستثناء الأضواء على الجسر. الآن رأوا فقط علم الهند. كانت ضخمة وساحرة. كانت جريئة وجميلة. صفق جميع الركاب الذين تردد صوتهم من كل سطح. لقد كانت تجربة لا تنسى للجميع. كان با محظوظًا جدًا ليشهد هذه العجائب.

كان هناك إعلان: "لقد وصلنا إلى معبد داكشينشوار كالي. يُطلب من جميع الركاب النزول والذهاب لمشاهدة بوجا وعراتي في المعبد. عد بعد ساعة واحدة ".

جاء بارث وسوارانجالي إلى الجانب الآخر ليكونا مع المجموعة. أخذت سوارانجالي يد با وساعدتها على النزول من الرحلة البحرية. من رصيف الميناء، صعدوا إلى الطريق. كانت هناك ست حافلات لنقل الركاب إلى المعبد. كانت سلطات الرحلات البحرية قد جمعت بالفعل جميع العناصر الإلكترونية والكاميرا والساعات الذكية وما إلى ذلك. حتى أنهم طلبوا ترك أحذيتهم. لا أحد بحاجة إلى الوقوف في الطابور لنفس الشيء. بعد الفحص الأمني، جاءوا جميعًا إلى فناء كبير جدًا. تم تشكيل طابورين أحدهما للرجال والآخر للسيدات. أعطيت الأفضلية لكبار السن ليكونوا في المقدمة. كان هتاف "جاي ما كالي" يتردد صداه في الغلاف الجوي. كان معبد كالي الكبير الشهير مرئيًا من مسافة بعيدة في منتصف الفناء. على الجانب الأيمن بجانب نهر الجانج، كان هناك 12 ضريحًا في شيفا. أثناء العطلة، كان الحشد أكبر. استفاد المرشد من وقت الانتظار هذا لوصف أهمية المعبد.

رؤية المعبد وبنائه:

يقع معبد داكشينشوار كالي على الضفة الشرقية لنهر هوغلي في كلكتا. يقع على الضفة المقابلة لـ Belur Math. يقف هذا المزار كواحد من أكثر المواقع الروحية تبجيلاً في الهند. تم تأسيس مجمع المعبد من قبل راني راشموني، وهي محسنة وشخصية بارزة في القرن التاسع عشر في البنغال، والمعروفة بتفانيها للآلهة الهندوسية كالي. تأثرت بشدة بتجاربها الروحية. وفقًا للأسطورة، ظهرت الإلهة كالي في حلمها وأمرتها ببناء معبد على ضفاف نهر الجانج وتثبيت تمثالها هناك. اختارت راني راشموني قطعة أرض ذات مناظر خلابة في قرية داكشينشوار على ضفة نهر الجانج. بدأ البناء في عام 1847، واستغرق ثماني سنوات لإكماله، بما في ذلك موارد مالية كبيرة وتخطيط دقيق. أشرفت راني راشموني شخصيًا على البناء، مما

يضمن أن تصميم المعبد يعكس الأساليب المعمارية الهندوسية التقليدية. يمتد مجمع المعبد على مساحة 25 فدانًا يتضمن المعبد الرئيسي المخصص للإلهة كالي، واثني عشر معبدًا أصغر مخصصًا للورد شيفا، ومعبد رادها كريشنا، وقات الاستحمام على النهر.

الافتتاح والتكريس:

تم افتتاح معبد داكشينشوار كالي رسميًا في 31 مايو 1855. كان حفل التكريس شأنًا كبيرًا، حضره العديد من المصلين والكهنة والشخصيات البارزة في ذلك الوقت. ركبت راني راشموني معبودًا جميلًا من "بهافاتاريني" (شكل من أشكال كالي) في المعبد المقدس للمعبد الرئيسي. يصور الإله واقفا على صدر شيفا، يرمز إلى اتحاد القوة الإلهية والوعي. سرعان ما أصبح المعبد موقعًا للحج، وجذب المصلين من جميع أنحاء البنغال وخارجها. كما أصبحت مركزًا للأنشطة الروحية والدينية، بما في ذلك العبادة اليومية والمهرجانات والأعمال الخيرية.

راماكريشنا باراماهامسا وداكشينشوار:

أظهر سري راماكريشنا، المولود باسم جادهار تشاتوبادياي في عام 1836 في قرية كاماربوكور، غرب البنغال، ميولًا روحية عميقة منذ سن مبكرة. كان يميل بشدة نحو الإلهية وأظهر اشتياقًا شديدًا للتجارب الروحية. في عام 1855، بعد فترة وجيزة من افتتاح المعبد، تم تعيين رامكومار تشاتوبادياي، الأخ الأكبر لراماكريشنا كرئيس كهنة للمعبد من قبل راني راشموني. بعد وفاته، أصبح راماكريشنا رئيس الكهنة. كانت فترة راماكريشنا في داكشينشوار بمثابة فترة من الممارسة الروحية المكثفة والتجارب الصوفية. خلال هذه الفترة، خضعت راماكريشنا لمختلف التخصصات الروحية، ومارست

مسارات مختلفة لتحقيق الإلهية. مارس تانتريك سادانا، والتأمل الفيدي، واليوغا البهاكتي. من خلال هذه الممارسات المتنوعة، أدرك راماكريشنا أن وحدة جميع العبادات تؤدي إلى ألوهية واحدة.

رؤية الأم كالي:

حدثت واحدة من أهم اللحظات في رحلة راماكريشنا الروحية عندما كان لديه رؤية مباشرة للإلهة كالي. غارق في الشعور بالشوق واليأس لعدم قدرته على رؤية الإلهة، قرر راماكريشنا إنهاء حياته. هرع نحو السيف المعلق في المعبد، بنية الانتحار. في تلك اللحظة الحرجة، كان لديه رؤية عميقة للإلهة كالي، التي بدت له كشخصية مشعة ورحيمة. أعادت هذه الرؤية تأكيد إيمانه وإخلاصه، محولة فهمه للإله.

اجتذب وجود راماكريشنا في داكشينشوار العديد من التلاميذ والمصلين، الذين جذبتهم شخصيته المغناطيسية وحكمته الروحية العميقة. كان من بينهم نارندراناث داتا، الذي أصبح فيما بعد سوامي فيفيكاناندا، ولعب دورًا حاسمًا في نشر تعاليم راماكريشنا في جميع أنحاء العالم. واصل فيفيكاناندا لاحقًا إرثه، حيث أسس راماكريشنا للرياضيات والرسالة، والتي أصبحت مفيدة في تنشيط الهندوسية وتعزيز الخدمة الاجتماعية. بحلول الوقت الذي انتهت فيه رواية المرشد، وصل الطابور إلى الباب الرئيسي لمعزل المعبد. كاد با وآخرون ينومون مغناطيسيًا بسبب المظهر الشهم للإلهة كالي. كانت الإلهة كالي تنظر إليهم شخصيًا وفردًا. أغمض الجميع أعينهم وصلى من أجل تحسينهم. نظرًا لوجود الكثير من الأشخاص خلفهم، طُلب منهم المضي قدمًا. با، بارث، سوارانجالي، ديفانجبهاي، ماماجي وجميع الآخرين شكروا القدير لخلق مثل هذه الفرصة من دارشان الأم كالي. تم الإعلان عن أراتي. وقف جميع المصلين في صفوف. بدأ رئيس الكهنة يردد تعويذة وبدأ العراتي. كان كل محب حاضر هناك يصفق ببطء على نغمة التعويذة. بعد العراتي، أخذ الجميع مشاعر نيران العراتي وبراساد التي تم توزيعها على الجميع. طلب با من بارث تقديم بوجا عن طريق دفع المبلغ المطلوب من المال.

دفع بارث وفقًا للقائمة 5000 روبية مقابل نفقات بوجا ليوم واحد. ثم عادوا إلى رحلتهم البحرية.

الآن ستكون وجهتهم التالية هي مرشد أباد، عاصمة مقاطعة البنغال غير المقسمة. سترسو هناك غدًا في الصباح الباكر بحلول الساعة الخامسة. ولكن الآن حان وقت العشاء. ذهب الجميع إلى غرفهم الخاصة. طلب ماماجي من الجميع التجمع في غرفة با للذهاب معًا لتناول العشاء. بمجرد وصول بارث وسوارانجالي إلى غرفتهما، كانت هناك مكالمة هاتفية. كان ماماجي في الجانب الآخر.

قال: "ليس عليك أن تأتي. سيتم تقديم العشاء في غرفتك بعد ساعة ".

فوجئ بارث وفكر بلطف شديد في ماماجي وشكر ماماجي.

قال بارث لسوارانجالي: "سوارا، يجب أن أعترف بأن ماماجي الخاص بك هو جوهرة شخص. هل تعرف ماذا قال الآن ؟ قال، سيتم تقديم العشاء في غرفتنا بعد ساعة واحدة. هذا يعني أنه لن يزعجنا أحد لمدة ساعة واحدة ".

ذهب بارث بالقرب من سوارانجالي. أخذ وجهها ببطء وقبّلها برفق. لم يكن سوارانجالي مستعدًا لذلك. لم تستطع الحركة. أدركت أن يديها تحركتا نحوه أيضًا. أمسكت ظهره بإحكام. أبقت وجهها على صدر بارث الواسع. لم تستطع إيقاف بارث ؛ كلاهما يمسك ببعضه البعض بإحكام. سحبها بارث نحو السرير. جعله بارث مرتاحًا بتمديد جسده. طلب من سوارانجالي الاقتراب منه. استلقت سوارانجالي بجانبه وأبقت رأسها برفق على صدر بارث. كانوا متعبين وناموا. بعد ساعة ونصف، رن جرس الباب. نهض كلاهما ونزلا من السرير. ذهب بارث لفتح الباب. كان النادل يقف مع عشاءهم. طلب منه بارث الدخول. تم تقديم العشاء. كان مطبخًا قاريًا نباتيًا. دفع بارث للنادل 100 روبية/ كاإكراميات. شكر وغادر. استقروا على الطاولة وأخذوا عشاءهم على مهل. بحلول الوقت الذي انتهوا فيه من عشاءهم كانت الساعة 9:30مساءً. قال سوارانجالي: "دعنا نذهب إلى الجانب الآخر للتحقق مما إذا كانوا قد تناولوا العشاء بشكل صحيح أم لا". وبناءً على ذلك، جاءوا إلى هذا الجانب ووجدوا الجميع باستثناء با يستمتعون بعشائهم. كانت با قد تقاعدت بالفعل في غرفتها. انضم

كلاهما إلى المجموعة. وصفوا تجاربهم في جولة اليوم. كان الجميع سعداء للغاية. كانت الساعة 10 مساءً تقريبًا. اقترح كل من ماماجي وديفانغبهاي الحصول على نوم عميق حتى يكونا منتعشين في اليوم التالي لجولة المتعة. ذهبوا إلى مقصوراتهم بعد أن طلبوا "ليلة سعيدة".

جلس بارث مع سوارانجالي في الشرفة واستمتع بالمشهد الليلي لنهر الجانج. كانت العديد من القوارب تسير بجانب سفينتها. في الخلفية المظلمة للنهر، خلقت الأضواء المتدلية الصغيرة للقوارب والنجوم المتلألئة في السماء لحظة سحرية. في وقت ما، أمسكوا أيديهم دون أن يقولوا كلمة واحدة.

يمكن لبارث أن يقرأ عقل سوارانجالي. "أنت تفكر في مستقبلك وحياتك في الولايات المتحدة، أليس كذلك ؟" سأل بارث سوارانجالي. لكنها لم ترد. فقط نظرت نحوه وابتسمت. بعد بعض الوقت جاء كلاهما إلى الغرفة.

في اليوم التالي عندما نهضوا، كانت السفينة تتحرك بالفعل. غادروا كلكتا منذ فترة طويلة وانتقلوا نحو مرشد أباد. سيصلون إلى هناك في اليوم التالي في الصباح الباكر. لديهم يوم كامل في الرحلة البحرية لقضاء بعض الوقت كما يحلو لهم. في الساعة 8:30 صباحًا، تجمعوا جميعًا بالقرب من حمام السباحة. كان العديد من الركاب يسبحون في المسبح. عند الطلب، قام المراقب بترتيب جلسة دائرية. تم تقديم عصائر مختلفة حسب الطلب. بعد ذلك تم تقديم الو باراتا مع المشتيتوي وأخيراً تم تقديم شامشام كلكتا الشهير (نوع من الحلوى اللذيذة). استمتعت المجموعة بما في ذلك الشيوخ كثيرًا. حوالي نصف ساعة من وجبة الإفطار، عندما غادر جميع الركاب الآخرين تقريبًا المكان، أعلن سوارانجالي أنهم سيقومون بترتيب محفيل خصيصًا لـ با. طلبت با من سوارانجالي ولم تنس. كان با سعيدًا جدًا. في الصباح نفسه، طلب سوارانجالي من مدير السطح ترتيب الآلات الموسيقية والميكروفون. كانت كافيا تعرف الخطة. ذهبت على الفور إلى مكتب المساعدة وطلبت من المساعدين إحضار الأدوات اللازمة ونظام الميكروفون وسجادة ومنصة لسوارنجالي للجلوس أمام المجموعة. كانت المجموعة الموسيقية للرحلة البحرية سعيدة للغاية

بمرافقة سوارانجالي. تم الاحتفاظ بالميكروفون اللاسلكي على المنصة. تم انتداب أحد موظفي المكتب الأمامي لهذا الحدث. تمت دعوة المجموعة الموسيقية للسفينة لإعطاء درجة الخلفية. وضعت سوارانجالي غيتارها ليحل محل تانبورا. كانت لوحة المفاتيح والطبول والطبول وغيرها من الأدوات مع اللاعبين جاهزة. تم صنع الأجواء بشكل مثالي مع عطر عصا خشب الصندل.

بدأ المحفيل مع سوارانجالي. قدمت أغنية كيشوري أمونكار الشهيرة "Pada Ghungru Bandhe Meera Nache Re' Bhajan". صفق الجميع. ثم غنت بهجان لاتا مانجيشكار، "تومهي هو ماتا، بيتا تومهي هو"؛ هذا بهجان، كرسته لوالدي بارث. أصبح كلا والدي بارث عاطفيين. كان الآن دور الفرقة الموسيقية لكروز. لقد غنوا، بناءً على طلب الأطفال، أغنية أريجيت سينغ "Phir Bhi tum ko chahunga" و "Tumhari adhuri kahani". صفق الجميع مرة أخرى. بين ذلك تم تقديم الشاي والوجبات الخفيفة. حقق Mehfil نجاحًا فائقًا. كانوالدا سوارانجالي فخورين برؤية أن ابنتهما قد تم قبولها بكل إخلاص في عائلة ديف. شكروا الله. ثم دعاهم المدير لتناول فنجان من القهوة في المطعم. كان الميفيل قد انتهى.

أخذت كافيا با إلى غرفتها لأنها أرادت أن ترتاح. وذهبت إلى السرير. عادت كافيا للانضمام إلى المجموعة. وشكلوا مجموعتين من كبار السن وصغار السن بأربعة وستة أعضاء على التوالي. يفضل كبار السن الذهاب إلى المكتبة لقراءة الصحف والمجلات. أرادت مجموعة الناشئين استكشاف السفينة. ذهبوا إلى الطابق العلوي إلى غرفة المحرك. أرادوا أن يأخذوا عجلة القيادة. سمحوا لشخص واحد فقط بدخول غرفة المحرك. كان اختيار كافيا بالإجماع، فذهبت إلى الداخل. كان الجميع يقفون خارج الباب الزجاجي. كانت كافيا على عجلة القيادة. كانت هناك لمدة خمس دقائق. طلبوا عدم التقاط أي صورة لكافيا على عجلة في غرفة المحرك حيث لا يُسمح

لأحد بالدخول.

ذهبوا إلى غرفة الترفيه في الطابق الأول. كان هناك الكثير من مرافق اللعب. لقد لعبوا لعبة الكاروم. فازت سوارنجالي وشريكها كافيا بنتيجة 29-07. يتعين على بارث استضافة حفلة الآيس كريم كعقوبة. في مكان قريب كان هناك مركز تدليك ومنتجع صحي. قرروا تجربة ذلك غدًا. كانوا يأتون إلى هنا جاهزين بملابس إضافية. تم سماع إعلان الغداء. نظرًا لأن العبوة كانت شاملة، فلا داعي للقلق بشأن الأطباق. كان المطعم قد خطط بالفعل لكل شيء على أفضل وجه. بل كان أكثر من مجرد توقع. تم تعيين نادلين اثنين لكل مجموعة من عشرة أشخاص. طلب ماماجي اليوم من مدير المطعم تقديم المأكولات الغوجاراتية. مباشرة من، خامان دهوكلا، خامني، لوتشوتو بريد- باتر- تشيز، بانير تكا إلى بيتزا، إلى سيزلر، تشاباتي، دال ماخني، جيرا- رايس، ألو- مطر، بهارتا، شيو- تماتار، وأيضًا جاجار- كا- حلوة، خير، قهوة ساخنة وباردة، شاي وعصائر مختلفة وما إلى ذلك. أولئك الذين أرادوا جنوب الهند، كان كل شيء متاحًا. كان ماماجي يراقب كل شيء عن بعد. انضم إلى المجموعة أخيرًا. بعد الغداء الفخم، مما أثار دهشتهم، أخذهم النادل إلى مفصل البان. كانت إيماءة مجانية من إدارة الرحلات البحرية. جميعهم طلبوا "بان" بما في ذلك "با". لقد كانت تجربة فريدة لا تنسى. بعد ذلك توجهوا نحو مقصوراتهم المحترمة.

جاء سوارانجالي إلى غرفة با. أشارت إلى كافيا للخروج لبعض الوقت. كان با يرتاح على السرير. جلس سوارانجالي بالقرب من أقدام با على السرير. لمست قدمي با وبدأت في التدليك. كانت با تراقب ابتسامتها. عرفت با أن سوارانجالي جاءت إليها لتشكرها على كل شيء. لكن سوارنجالي لم تكن تعرف أن با ممتنة لها أيضًا لتغيير قرارها بعدم الزواج لمدة ثلاث سنوات. كما كانت ممتنة لماماجي الذي جعل هذا ممكنًا. لكنها التزمت الصمت. أراد با أن يسمع سوارانجالي أولاً. لكن

سوارانجالي لم يقل أي شيء. بدلاً من ذلك طلبت من با الجلوس على السرير. ساعدت با على الجلوس. ثم فجأة عانق سوارانجالي با. لم يكن با مستعدًا لذلك. عانقتها أيضاً. كانت الدموع تنهمر من عيني السيدتين. كان كلاهما صامتين.

أخيرًا، تمتم با، "ديكرا (طفلي)، أنت ملاك. نحن محظوظون. أعطيك كلمتي اليوم. ستكون عائلتي بأكملها معك حتى لو اضطروا إلى معارضة بارث. كنا جميعًا قلقين بشأن حفيدي بارث. إنه شخص بسيط للغاية. يمكن لأي شخص التأثير عليه من خلال حديثه. الآن بعد أن جئت في حياته، نحن مرتاحون للغاية، لا يمكنك حتى أن تتخيل. الطريقة التي تعاملت بها مع كل شيء مثل امرأة ناضجة، إنها جديرة بالثناء". لبعض الوقت، تحدثوا عن أشياء كثيرة حول خططهم المستقبلية. ثم طلب منها با أن تذهب للنوم. اتصلت بكافيا وذهبت إلى بارث.

كان ينتظرها في الشرفة. "أعلم أنك ذهبت إلى غرفة با. لا بد أنها سعيدةٌ جداً. أنت لست فتاة ذكية حسنة المظهر فحسب، بل يمكنك إثارة إعجاب أي شخص من خلال تعاطفك المطلق ". قال بارث بفارغ الصبر.

أجابت سوارانجالي مبتسمة: "إنها ليست سعيدة فحسب، بل زوجي العزيز، قالت إن عائلة ديف بأكملها ستكون معي إذا اشتكت منك".

أجاب بارث: "كنت أعرف ذلك. أنت ساحر. يمكنك التأثير على أي شخص. لكنني لا أفهم لماذا حتى شعبك يعتمدون عليك كثيرًا خاصة ماماجي. يقولون أنك مستكشف الأخطاء ومصلحها. حتى أبناء عمومتك مرتبطون بك. إنهم جميعًا يريدون رؤيتك سعيدًا، والآن انضم أفراد عائلتي أيضًا إلى مجموعة "جعلك سعيدًا". أنا أحسدك. لكنني سعيد لأنك فزت بقلوب والدي وكذلك با في غضون هذه الفترة القصيرة من الزمن. سيشعرون بالسوء عندما نغادر الهند في غضون أسبوعين. مهلا، لدي فكرة. هل يمكننا أن نأخذ با أيضًا معنا؟"

ابتسم سوارانجالي. قالت: "سأكون هنا للفحص. في تلك المرة

سأبقى مع با وأصهاري. سأعتني بنفسي. بعد الفحص، عندما أعود، في ذلك الوقت سأطلب من با مرافقتي إلى الولايات المتحدة ".

جاءوا إلى كوخهم. استلقوا على السرير. أبقت سوارنجالي يدها على صدره وقالت: "هل لي أن أطلب منك شيئًا واحدًا؟ أنا متأكد من أنك لن تخيب ظني ". استطاع بارث تخمين رغبتها لكنه أراد أن يسمع منها. أشار إلى سوارانجالي لطلب أي شيء.

قالت: "في حياة المرأة الهندية هناك تحولان كبيران. أولاً، عندما تكون متزوجة من شخص مجهول وثانياً عندما تصبح أماً لطفل. بين طموحاتها الخاصة تنحرف عن مسارها. في حالتي، أنا محظوظ جدًا لأنك زوجي. أقنعني ماماجي بكسر وعدي بعدم الزواج لمدة ثلاث سنوات من أجل بحثي. ولكن الآن لدي طلب لك. هل يمكننا الانتظار لمدة ثلاث سنوات على الأقل قبل أن نخطط لإنجاب طفل ؟"

أجاب بارث: "لقد خمنت ذلك، وأنا سعيد. أعطي كلمتي بأنني سأدعمك. لكن عليك أن تقنع با بأن الأمر سيكون صعباً ".

شعر سوارانجالي بالارتياح. ابتسمت وقالت: "لا تقلقي، سأتدبر أمري".

اقترب منها بارث وقال: "انسى كل شيء الآن. دعونا نستمتع بشهر العسل الغامض ".

في صباح اليوم التالي، استيقظ بارث في وقت مبكر جدًا ليشهد شروق الشمس على نهر الجانج. كانت الشمس على وشك أن تشرق، فدخل على عجل وهز سوارانجالي. فتحت سوارانجالي عينيها. قال: "سوارا، تعالي بسرعة. سنشهد شروق شمس اليوم معًا ".

غادر سوارانجالي السرير على عجل وخرج. توجهوا نحو منصة المراقبة. وقف سوارانجالي وبارث، الزوجان حديثًا، جنبًا إلى جنب على شرفة سطح المراقبة في رحلتهم البحرية. عندما بدأ ضوء الفجر الأول في مطاردة الظلام، تحول الجو من حولهم إلى

مشهد من الجمال الخلاب. كانت السماء عبارة عن لوحة رسمت بألوان لا تعد ولا تحصى. تمتزج الألوان الوردية والبرتقالية والذهبية بسلاسة مع بقايا الأزرق والأرجواني العميق في سماء الليل. يبدو أن كل لحظة تجلب ظلًا جديدًا، كما لو أن فنانًا غير مرئي يعمل، ويخلق تحفة فنية في الوقت الفعلي. أرسلت الشمس، التي لا تزال مخفية جزئيًا تحت الأفق، أول أشعة ذهبية لها، والتي رقصت عبر مياه الجانج. كان النهر هادئًا وهادئًا، يتصرف مثل مرآة عملاقة، مما يعكس انفجار الألوان أعلاه. أضافت التموجات على سطح الماء نسيجًا ديناميكيًا إلى الانعكاس، مما جعله يبدو كما لو أن الألوان كانت حية، متلألئة ومتغيرة مع كل موجة لطيفة. كان الهواء باردًا ومليئًا بشعور بالانتعاش، حاملاً معه رائحة النهر الرقيقة ورائحة الزهور البعيدة من ضفاف النهر. بدأت الطيور جوقتها الصباحية، وأغانيها مرافقة حلوة ولحنية للروعة البصرية التي تتكشف أمام سوارانجالي وبارث. مع استمرار الشمس في الصعود، كشفت تدريجياً عن نفسها، فلكها الذهبي يرتفع ببطء ومهيب. أصبح الضوء أقوى وأكثر حزماً، حيث يلقي ظلالاً طويلة ويخلق مساراً من الذهب المتلألئ عبر نهر الجانج. يمكن للزوجين رؤية القبعات المقدسة عن بعد، حيث بدأت الطقوس الروحية في الصباح الباكر، مما أضاف لمسة من الهدوء الروحي إلى المشهد. شعر سوارانجالي وبارث بإحساس عميق بالارتباط ليس فقط ببعضهما البعض ولكن أيضًا بهذا النهر القديم، الذي شهد عددًا لا يحصى من شروق الشمس واحتفظ داخل مياهه بقصص الأجيال. وقفوا في صمت، واستوعبوا الجمال واللحظة، وشعروا كما لو كانوا جزءًا من شيء خالد وأبدي. تركهم المشهد الساحر مفتونين، وامتلأت قلوبهم بإحساس عميق بالسلام والفرح. كانت لحظة وعدت ببداية جميلة لرحلتهم الجديدة معًا، ذكرى ستظل محفورة في أذهانهم إلى الأبد، وتذكرهم بالسحر وتتساءل عما تقدمه الحياة.

همس سوارانجالي: "إنها جميلة جدًا. الطريقة التي ترسم بها الألوان السماء، يبدو أن الفنان يرسم أفضل إبداعاته ".

أمسك بارث سوارانجالي من الخلف، وأراح ذقنه على كتفها وقال: "إنه لالتقاط الأنفاس، مثلك تمامًا. كل شروق شمس سيذكرني بوعد

يوم جميل جديد معك ". عادوا إلى جناحهم الرئاسي وبدأوا بالانتعاش. أرادوا الانضمام إلى أفراد آخرين من القوات في أسرع وقت ممكن.

في حوالي الساعة 8 صباحًا، اجتمعوا معًا لتناول الإفطار في غرفة با. نظرًا لأنها كانت أيضًا غرفة كبيرة، كانت هناك مساحة واسعة لاستيعاب الجميع بشكل مريح. بدأوا بعصائر الفاكهة ثم وجبة الإفطار من اختياراتهم.

أراد والد بارث ديفانغبهاي الإعلان عن شيء ما. كان قد ناقش ذلك بالفعل مع زوجته فالغونيبين. لكن با لم تكن تعرف أي شيء. بعد تلقي الإشارة من فالغونيبين، وقف من أريكته وبدأ يتحدث بأسلوب دراماتيكي، "سيداتي سادتي، أنا ديفانغ ديف، رئيس مجلس الإدارة والعضو المنتدب لشركة "ديف وأولاده". والدتي وزوجتي وابني هم مديرو هذه الشركة. يسعدني جدًا أن أعلن أن شركتنا تعين الآن شريماتي سوارانجالي ديف، زوجة ابني كمدير آخر في مجلس إدارة شركتنا. ستتمتع بجميع التسهيلات مثل أعضاء مجلس الإدارة الآخرين بما في ذلك تقاسم الأرباح. دعونا نرحب بمديرتنا الجديدة السيدة سوارانجالي ديف في مجلس إدارتنا ".

كان با سعيدًا جدًا. إلى جانبها صفقوا وهنأوا سوارانجالي. أصيب سوارانجالي بالذهول والدهشة. حتى بارث كان مندهشًا وسعيدًا جدًا. قبل أن يتمكن سوارانجالي من الرد، جاء إعلان آخر من ديفانجبهاي. قال: "اسمحوا لي الآن أن أطلب من مديرتنا الجديدة السيدة سوارانجالي ديف أن تتحدث بضع كلمات كخطاب قبول في هذه المناسبة الميمونة."

كان سوارانجالي مذهولاً. لم تستطع تصديق أذنيها. فوجئ والداها. أصيب أفراد عائلة ماماجي بالذهول. لم تستطع سوارنجالي التحرك من مقعدها. بناءً على رغبة بارث، نهضت ورحبت بالجميع بيديها المطويتين. بدأت،

"صباح الخير جميعًا، ليس لدي ما يكفي من الشجاعة للرد بالمثل. أنا مندهش ومذهول ويشرفني أيضًا. [NEUTRAL]: أنحني أمام كل شيوخنا. أقف أمامكم اليوم بامتنان وتواضع هائلين وأنا أقبل دور

المدير في ديف وأولاده. هذه اللحظة خاصة بشكل لا يصدق بالنسبة لي، ليس فقط بسبب المسؤولية والشرف الذي تحمله ولكن أيضًا لأنني أشاركها مع الأشخاص الذين يعنون لي أكثر من غيرهم ؛ عائلتي، وأصدقائي، وعائلتي ماماجي الأكثر قيمة، وجدتي المحبوبة، با.

أولاً وقبل كل شيء، أود أن أشكر أصهاري على تكليفي بهذه المسؤولية الكبيرة. لقد منحني دعمك الثابت وإيمانك بقدراتي الثقة لتولي هذا الدور. بالنسبة لزوجي العزيز، كان تشجيعك وحبك المستمرين بمثابة العمود الفقري لي، وأنا ممتن للغاية لإيمانك المطلق بي.

بالنسبة لعائلتي، وخاصة ماماجي الأكثر احترامًا، الذي كان نورًا إرشاديًا ومصدرًا للحكمة طوال حياتي، فإن تعاليمك وقيمك قد شكلتني إلى الشخص الذي أنا عليه اليوم. آمل أن أجعلك فخورًا بهذا الفصل الجديد من حياتي. لقد علمتني أن "لا شيء مستحيل" بما في ذلك هذا الزواج.

بركاتك وحكمتك هي الأساس الذي أقف عليه. لطالما ألهمتني قوتك ومرونتك، وأعدك بدعم القيم والمبادئ التي غرستها فينا جميعًا. إن تولي دور المدير هو شرف وتحدي على حد سواء. يتمتع "ديف وأولاده" بإرث غني من التميز والنزاهة والابتكار، تم بناؤه من خلال العمل الجاد والتفاني لكل فرد من أفراد هذه العائلة. أنا ملتزم بمواصلة هذا الإرث، وضمان أن شركتنا لا تزدهر فحسب، بل تتكيف وتتطور أيضًا مع العصر المتغير. أنا حريص على العمل عن كثب معكم جميعًا، للاستماع والتعلم والقيادة بتعاطف ونزاهة. معًا، سنجتاز التحديات المقبلة ونغتنم الفرص التي تأتي في طريقنا، مع الحفاظ دائمًا على قيمنا الأساسية في صميم كل ما نقوم به. شكرًا لك مرة أخرى على هذا الشرف المذهل. وإنني أتطلع إلى الشروع في هذه الرحلة معكم جميعًا، والسعي لتحقيق آفاق جديدة وجعل أحلامنا المشتركة حقيقة واقعة ".

وقف كل عضو بما في ذلك با. صفقوا جميعًا. ذهب سوارانجالي إلى كل شيخ للمس أقدامهم وأخذ البركات. عانقت كافيا وبهافيك ؛ وأخيرا ذهبت إلى بارث. رأوا بعضهم البعض. قال بارث: "تهانينا. مرحبًا

بكم في مجلس إدارة ديف وأولاده. "كانت عينا سوارانجالي رطبة. فشلت في إخفاء دموعها.

كما تقرر في اليوم السابق، أصبح بارث وسوارانجالي وكافيا وبهافيك مستعدين للذهاب إلى المنتجع الصحي. أخذوا حقائبهم الخلفية مع بعض الملابس وتوجهوا نحو مركز التدليك والمنتجع الصحي. بقي والدا بارث مع با وذهب والدا سوارانجالي إلى كوخ ماماجي.

خضع بارث لعلاج السبا عدة مرات في الولايات المتحدة. لكن الثلاثة الآخرين ذهبوا إلى مقصورات السبا لأول مرة. كان هناك قسمان للرجال والسيدات على التوالي. اختاروا جميعًا حمام البخار. وضعهم الحاضرين في زنزانات صغيرة ذات تدفق بخار منظم. بعد ضبط درجة الحرارة وفقًا لمتطلبات العملاء، خرج الحاضرين من المقصورات. بمجرد أن بدأ البخار في الدخول إلى الخلايا، بدأ العرق. لمدة نصف ساعة مع العرق الغزير، استرخوا جميعًا واستمتعوا بحمام البخار. بعد ذلك أخذوا جميعًا حمامًا باردًا وارتدوا ملابسهم في مقصوراتهم الحصرية. لقد كانت تجربة رائعة للجميع. كانوا متعبين. لقد حان الوقت لأخذ قسط من الراحة.

بالنسبة لسوارنجالي، أصبحت يد بارث وسادة ؛ كان إبقاء رأسها على يده ووضع يدها على صدر بارث هو الموقف الأكثر راحة لسوارنجالي للنوم. استيقظوا على صوت رنين الهاتف. تلقى بارث المكالمة. كان ماماجي. كان الوقت بالفعل 1.30 بعد الظهر. كانوا جميعًا ينتظرون في منطقة تناول الطعام. "ماماجي، هل يمكنك أن تطلب من المدير إرسال غداءنا في جناحنا من فضلك." طلب بارث ماماجي. أصدر ماماجي تعليمات لمدير المطعم وفقًا لذلك. أشرف ماماجي على ترتيب الغداء للجميع.

الوصول إلى مرشد أباد:

وصلت الرحلة البحرية إلى مرشد أباد بحلول الساعة 3 مساءً. سوف ترسو هناك لمدة عشرين ساعة. سيتحرك مرة أخرى في اليوم التالي في الساعة 1 مساءً بعد الظهر. كانت ماماجي قد رتبت بالفعل كراسي متحركة لجميع السيدات الكبار. انضم بارث وسوارانجالي إلى الشيوخ ونزلوا جميعًا من الرحلة البحرية. تولى أربعة مرافقين مسؤولية الكراسي المتحركة. كانت حافلة صغيرة جاهزة لنقلهم إلى مواقع سياحية مختلفة.

عند وصولك إلى مرشد أباد، فإن المناظر الطبيعية الهادئة المليئة بالمعالم التاريخية تنقلك على الفور إلى الوراء في الوقت المناسب. تقع المدينة على ضفاف نهر بهاغيراتي، ويضيف التدفق اللطيف للنهر إلى سحر المكان الهادئ. أفضل طريقة لبدء رحلتك هي زيارة قلب المدينة ـ قصر هزار الدواري. أسقطتهم الحافلة عند بوابة القصر. بدأت الرحلة عبر التاريخ تحت التوجيه القدير لمرشد القصر.

قصر هزار الدواري:

هزار الدواري، الذي يترجم إلى "قصر الألف باب"، هو قصر فخم تم بناؤه في عهد نواب ناظم همايون جاه. تم بناء هذا الهيكل الرائع في عام 1837، ويتميز بمزيج من الأساليب المعمارية الأوروبية والمغولية. أثناء دخولك، ستندهش من الحجم الهائل والفخامة في القصر. يعرض الدرج الكبير والثريات الكبيرة والأعمال الفنية المعقدة نمط الحياة الفخم لنواب.

المقدمة: هزار الدواري، الذي يترجم إلى "قصر الألف باب"، هو أعجوبة معمارية مهمة تقع في مرشد أباد، غرب البنغال. يمثل هذا القصر الكبير شهادة على التاريخ الغني والتراث الثقافي للمنطقة. شيدت خلال القرن التاسع عشر، وهي واحدة من أبرز المعالم

التاريخية في الهند.

الخلفية التاريخية: تم بناء هزار الدواري بتكليف من نواب ناظم همايون جاه من البنغال وبيهار وأوريسا (مقاطعة البنغال). تم بناء القصر بين عامي 1829 و 1837 تحت إشراف العقيد دنكان ماكلويد من سلاح المهندسين البنغالي. يهدف النواب إلى إنشاء هيكل من شأنه أن ينافس عظمة القصور الأوروبية، وتم تصميم هزار الدواري ليعكس مزيجًا من الأساليب المعمارية المغولية والأوروبية.

التصميم المعماري: هزار الدواري عبارة عن هيكل ضخم من ثلاثة طوابق يمتد على مساحة 41 فدانًا. يشتهر القصر بتصميمه المهيب وتفاصيله المعقدة. المادة الأساسية المستخدمة في بنائه هي ملاط الطوب والجير، مما يمنحه مظهرًا قويًا وفخمًا.

الواجهة والخارجية: واجهة القصر مزينة بالأعمدة والأعمدة الكلاسيكية، مما يضيف إلى جمالها الملكي. الميزة الأكثر لفتًا للنظر في الخارج هي وجود العديد من الأبواب ؛ 1000 في المجموع، مع 900 منها حقيقية والباقي كاذبة. يتم وضع الأبواب الوهمية لإرباك المتسللين. كان الهدف من هذا التصميم الذكي هو الخلط بين الجواسيس المحتملين وتعزيز الأمن.

التصميمات الداخلية: التصميمات الداخلية لهزار الدواري مثيرة للإعجاب بنفس القدر، مع قاعات واسعة وسلالم كبيرة وغرف أنيقة. يضم القصر مجموعة غنية من القطع الأثرية، بما في ذلك اللوحات والأثاث والمخطوطات والأسلحة. قاعة دوربار الكبرى حيث عقدت محكمة نواب هي واحدة من أبرز المعالم، ويضم الثريا الرائعة التي قدمتها الملكة فيكتوريا.

الميزات الرئيسية:

قاعة دوربار: قاعة دوربار هي محور هزار دواري، وتتميز بأسقفها العالية، وزخارفها المزخرفة، وثريا كبيرة. جدران القاعة مزينة بصور للنواب وغيرهم من كبار الشخصيات، مما يوفر لمحة عن تاريخ المنطقة.

المكتبة: يضم القصر مكتبة واسعة تضم مجموعة واسعة من الكتب النادرة والمخطوطات والوثائق التاريخية. المكتبة هي كنز دفين

للمؤرخين والباحثين المهتمين بتاريخ البنغال.

معرض الأسلحة: يضم معرض الأسلحة مجموعة رائعة من الأسلحة، بما في ذلك السيوف والخناجر والأسلحة النارية والمدافع. تعكس هذه القطع الأثرية البراعة العسكرية والتراث الغني لنواب البنغال.

المتحف: تم تحويل جزء كبير من هزار الدواري إلى متحف، مما يعرض البذخ ونمط الحياة في نواب. يمكن للزوار استكشاف غرف مختلفة مفروشة بأثاث وديكور عصري، مما يوفر لمحة عن الحياة الفاخرة لسكان القصر.

الأهمية الثقافية: هزار الدواري ليس مجرد عجب معماري ولكنه أيضًا رمز ثقافي لماضي مرشد أباد المجيد. وهو يمثل التقاء التأثيرات المغولية والأوروبية، مما يعكس الطبيعة العالمية لمحكمة نواب. يمثل القصر تذكيرًا بأهمية مرشد أباد كمركز سياسي وثقافي خلال القرنين الثامن عشر والتاسع عشر.

تابع الدليل، أهمية اليوم الحالي: اليوم، هزار الدواري هي منطقة جذب سياحي شهيرة، تجذب الزوار من جميع أنحاء العالم. تتم إدارتها من قبل هيئة المسح الأثري في الهند (ASI)، والتي قامت بالعديد من مشاريع الترميم للحفاظ على سلامتها التاريخية والمعمارية. يقدم القصر ومتحفه نظرة رائعة على تاريخ البنغال وثقافتها وتراثها، مما يجعلها زيارة أساسية لعشاق التاريخ والسياح على حد سواء.

هزار الدواري هو شهادة على التألق المعماري والأهمية التاريخية لمرشد أباد. إن تصميمها الكبير وتصميمها الداخلي الغني وأهميتها الثقافية تجعلها واحدة من أكثر المواقع التراثية العزيزة في الهند. كرمز لإرث نواب، يواصل هزار الدواري جذب خيال الزوار، ويقف كتذكير فخور بماضي البنغال اللامع. بعد زيارة القصر، أخذتهم الحافلة إلى عدة أماكن أخرى ذات أهمية.

مسجد كاترا:

موقع آخر يجب زيارته في مرشد أباد هو مسجد كترا. تم بناء المسجد في عام 1724 من قبل نواب مرشد قولي خان، وهو أحد أفضل الأمثلة على العمارة المغولية في البنغال. تعتبر مآذن المسجد الشاهقة ومداخله المقوسة منظرًا رائعًا. ينضح الفناء الداخلي، المحاط بصفوف من الأقواس، بشعور من السلام والروحانية. يقع قبر نواب مرشد قولي خان داخل مجمع المسجد، مما يضيف إلى أهميته التاريخية.

نظام إمامبارا:

يقع نظام إيمامبارا على بعد مسافة قصيرة من قصر هزار الدواري ؛ وهو واحد من أكبر الإمامبارا في الهند. تم بناؤه في عام 1847 من قبل نواب ناظم منصور علي خان، وهو مكان ذو أهمية دينية للمسلمين الشيعة. الهيكل المهيب، بغرفه وقاعاته العديدة، هو أعجوبة معمارية. تستخدم القاعة المركزية بسقفها المرتفع والثريات المزخرفة لمختلف الاحتفالات والتجمعات الدينية.

متنزه موتيجهيل:

بالنسبة لأولئك الذين يبحثون عن ملاذ هادئ، فإن متنزه موتيجهيل هو الوجهة المثالية. بعد أن كانت حديقة المتعة في Nawabs، أصبحت حديقة Motijheel الآن بمثابة منطقة ترفيهية جميلة. تم بناء الحديقة حول بحيرة على شكل حدوة حصان، وتخلق المساحات الخضراء المورقة والمياه الهادئة أجواء هادئة. يوفر ركوب القارب على البحيرة منظورًا فريدًا للجمال المحيط وهي تجربة مبهجة للزوار من جميع الأعمار.

قصر كاثجولا:

قصر كاثغولا هو جوهرة أخرى في كنز مرشد أباد. تم بناء هذا القصر من قبل تجار جاين لاكشمييات سينغ دوغار وديجامبار جاين، وهو مزيج رائع من الأساليب المعمارية الأوروبية والبنغالية. يضم مجمع القصر حدائق جميلة ونوافير ومعبد. تعكس الأعمال الخشبية المعقدة والتماثيل الرخامية واللوحات الجدارية داخل القصر البذخ والحساسيات الفنية لمبدعيه.

حرير مرشد أباد:

تشتهر مرشد أباد أيضًا بصناعة الحرير. توفر زيارة مراكز نسج الحرير المحلية نظرة ثاقبة على فن نسج الحرير التقليدي. الأنماط الرقيقة والمعقدة لساري مرشد أباد الحريري هي شهادة على مهارة وحرفية النساجين. إن أخذ قطعة من حرير مرشد أباد إلى المنزل يشبه حمل قطعة من تراث المدينة معك. تأتي السيدات من كل مكان لشراء ساري مرشد آبادي الحريري. مرشد أباد هي مدينة تمزج بشكل جميل بين التاريخ والثقافة والجمال الطبيعي. قصورها الرائعة ومساجدها وحدائقها هي شهادة على ماضيها المجيد. تجعل أجواء المدينة الهادئة وتراثها الغني منها وجهة مثالية لأولئك الذين يسعون لاستكشاف عظمة تاريخ البنغال. سواء كنت من هواة التاريخ أو من محبي الطبيعة أو تبحث ببساطة عن ملاذ سلمي، يعدك مرشد أباد بتجربة لا تنسى. يحافظ حرير مرشد أباد على التقاليد القديمة للحرير الخالص مع أنواع مختلفة من الحرفية والتصاميم، مما يجعله عنصرًا لا بد منه في خزانة الملابس.

أراد "با" إهداء ساري لكل سيدة في المجموعة. وبناءً على ذلك، تم شراء العديد من الساري من مراكز التصنيع المختلفة. تلقت سوارانجالي الساري من با وفالغونيبين وماميجي ووالدتها مالتيبين وبالطبع من بارث.

كانت الساعة الثامنة مساءً تقريبًا ؛ وعادوا إلى الرحلة البحرية. دفع ماماجي للمرافق الإكراميات المستحقة بالإضافة إلى الإكراميات. جميعهم كانوا متعبين. قرروا جميعًا الذهاب إلى الجناح الرئاسي لبارث. طلب منهم سوارانجالي انتظار إشارتها. هرعت إلى جناحها وسرعان ما رتبت الغرفة وجعلتها مرتبة ؛ خرجت وأشارت إلى بارث لإحضارهم إلى جناحهم.

جاءوا جميعًا إلى جناحهم الرئاسي الرائع ؛ كان هذا أفضل جناح متاح في تلك الرحلة البحرية. كانت مزينة بشكل جميل على الطراز المصري. الجناح الرئاسي على متن سفينة الرحلات يشع أجواء من العظمة المصرية القديمة المندمجة مع الفخامة الحديثة. بينما تدخل إلى هذا الملاذ الفخم، يستقبلك على الفور الوهج الذهبي الدافئ للأضواء المزينة بشكل معقد، والتي تذكرنا بالمشاعل الوامضة التي

أضاءت ذات مرة قاعات الفراعنة. يتلألأ السقف، المزخرف بجدارية مذهلة لسماء الليل فوق النيل، بنجوم LED المدمجة، مما يخلق جوًا ساحرًا من العالم الآخر.

جدران الجناح مبطنة بالأقمشة الغنية ذات الألوان العميقة والمفروشات التي تصور مشاهد الأساطير المصرية القديمة. تم تطريز الهيروغليفية وزخارف زهور اللوتس والأنخ والجعران بدقة، مما يضيف إلى الأصالة والسحر. تبرز الإضاءة، وهي مزيج من الألوان الناعمة والمحيطة والأضواء المميزة، هذه التفاصيل، وتلقي ظلالًا لطيفة تبعث الحياة في المشاهد.

في وسط الجناح يقف سرير فاخر بأربعة أعمدة، ومظلة مغطاة بستائر شفافة مطرزة بالذهب تستحضر أناقة غرف كليوباترا. السرير نفسه هو تحفة فنية، مع لوح أمامي منحوت بشكل معقد من الماهوجني الداكن، يصور الآلهة والإلهات في مصر القديمة. المرتبة، الفخمة والجذابة، مزينة بالبياضات القطنية المصرية الفاخرة بظلال ملكية من اللونين الأزرق والذهبي، مما يضمن ليلة من الراحة التي لا مثيل لها.

بجوار السرير، يوفر زوج من الكراسي ذات الذراعين الناعمة المنجدة بمخمل أزرق ملكي عميق مكانًا مريحًا للاسترخاء. توجد طاولة خشب الأبنوس المصقولة والمنخفضة بينهما، تعلوها صينية ذهبية تحمل مجموعة مختارة من الشاي والأطباق المصرية الشهية. أثاث الجناح هو مزيج متناغم من الأساليب الكلاسيكية والمعاصرة، مع قطع تعكس خطوط ومنحنيات القطع الأثرية القديمة، ولكنها توفر وظائف وراحة عصرية.

يتميز أحد أركان الجناح بمكتب للكتابة محفور من الخشب الغني الداكن، ومرصع بتصميمات من عرق اللؤلؤ. يدعوك الكرسي الأنيق عالي الظهر إلى الجلوس وكتابة أفكارك، ربما مستوحاة من منظر النهر من خلال النوافذ الكبيرة الممتدة من الأرض إلى السقف التي تصطف على أحد جدران الجناح. تفتح هذه النوافذ على شرفة خاصة، وتوفر إطلالات بانورامية على المياه الهادئة والمناظر الطبيعية العابرة، مما يعزز الشعور بالهدوء والفخامة.

الحمام الداخلي هو ملاذ للاسترخاء، وجدرانه وأرضياته مغطاة

بالرخام الناعم ذي اللون الذهبي. يوجد حوض استحمام عميق تحت النافذة، مما يسمح لك بالاستحمام أثناء التحديق في الأفق الذي لا نهاية له. تعكس التجهيزات، المصنوعة من الذهب اللامع، رفاهية العصر الماضي، بينما تضمن وسائل الراحة الحديثة كل راحة. يتم استكمال الحوضين التوأمين، الموجودين في سطح من الرخام المصقول، بمرآة كبيرة مضيئة مؤطرة بالذهب، مما يضيف لمسة من الملكية.

تم تصميم كل عنصر من عناصر الجناح الرئاسي بدقة لتوفير مزيج سلس من الأناقة القديمة والفخامة الحديثة. من الجدران والأثاث المزخرف الغني إلى الإضاءة المصممة بعناية والفراش الفاخر، تساهم كل التفاصيل في تجربة لا تنسى، وتنقلك إلى قلب مصر القديمة أثناء إبحارك في المياه الهادئة. هذا الجناح ليس مجرد مكان للإقامة، ولكنه رحلة عبر الزمن، تغلفك بروعة وسحر حضارة قديمة. نظر الجميع نحو ماماجي. لقد رتب كل شيء.

كان العشاء القاري النباتي الفخم الذي تم تقديمه في الجناح الرئاسي للسفينة السياحية رحلة طهي رائعة، تم إعدادها بدقة لإسعاد الحواس. تلمع الطاولة، المرصعة بأرقى الخزف والكريستال والفضيات، تحت الإضاءة الناعمة المحيطة التي تبرز الديكور المصري الفخم للجناح. كانت كل دورة تحفة فنية، مما يضمن تجربة طعام لا تنسى للضيوف العشرة المحظوظين.

الطبق الأول: مقبلات

كانابيه متنوع

تم تقديم مجموعة مختارة من المقبلات النباتية الرقيقة على صينية فضية مصقولة. تضمنت هذه المسرات ذات الحجم الصغير جبنة كريمة منقوعة في الأعشاب على خبز الجاودار مع القليل من الثوم المعمر، وبروسكيتا مصغرة مغطاة بالطماطم المجففة بالشمس والريحان ورذاذ من الخل البلسمي القديم. كان كل مقبلات عبارة عن دفعة من النكهة، مرتبة بأناقة لإرضاء كل من العين والحنك.

أسياخ سلطة كابريزي:

تم لصق الطماطم الكرزية الطازجة وكرات الموزاريلا الكريمية

وأوراق الريحان العطرة على أسياخ الخيزران الأنيقة، مع رذاذ زيت الزيتون البكر الممتاز ورذاذ ملح البحر. الألوان النابضة بالحياة والنكهات البسيطة والراقية التي صنعت لبداية منعشة للوجبة.

الصنف الثاني: حساء وخبز

الفلفل الأحمر المحمص وحساء الطماطم:

يقدم في أطباق خزفية بيضاء رقيقة، وكان الفلفل الأحمر المحمص وحساء الطماطم مزيجًا مخمليًا من الفلفل الحلو والطماطم الناضجة، معززة بلمسة من الريحان ودوامة من القشدة. قدمت كل ملعقة مذاقًا مريحًا وغنيًا، وهو مثالي للطبق الثاني.

سلة الخبز الحرفي:

رافق الحساء مجموعة مختارة من الخبز الطازج. تضمنت السلة خبز الباجيت المقرمش، والشيباتا الناعمة، وفوكاشيا إكليل الجبل العطرة، وكلها تقدم مع الزبدة المخفوقة الكريمية وثلاثة من زيوت الزيتون المنكهة.

الدورة الثالثة: المدخلات الرئيسية

خليط الخضروات المشوية:

كان مزيج الخضروات، المطبوخ بشكل مثالي، هو محور الطبق الرئيسي. غطت المعجنات المنتفخة الرقيقة مزيجًا من الخضروات المشوية مثل الفلفل الأصفر والأحمر والفلفل الحلو والفطر، مغطاة بدوكسيلات الفطر الغنية. تم تقديم الخليط مع البطاطا المهروسة بالكمأ والهليون المطهو على البخار وصلصة البلسم.

البخارة المحشوة بالفطر:

بالنسبة لأولئك الذين يفضلون خيارًا شهيًا ولكن خفيفًا، كان فطر ألبوخارا المحشو انتصارًا. تم ملء الفطر الكبير واللحمي بمزيج لذيذ من السبانخ والبصل الأخضر والصنوبر، ثم تم خبزها حتى تصبح ذهبية. رافق الطبق أرز بسمتي بولاو وجزر صغير محمص وبازلاء خفيفة، مما أضاف اللون والقرمشة.

الدورة الرابعة: الحلوى

كريم راجبهوج:

كان Creme Rajbhog سيمفونية من القوام، مع قشرة سكر مكرملة تمامًا تحطمت بشكل مبهج تحت الملعقة للكشف عن الكاسترد الناعم الكريمي تحتها. تم تزيين كل حصة بتوت العليق الطازج وغصن النعناع، مما أضاف لمسة من السطوع إلى الحلوى الغنية.

فندان الشوكولاتة:

كان فندان الشوكولاتة خيارًا متسامحًا لمحبي الشوكولاتة، وكان أعجوبة منصهرة. كشفت كعكة الشوكولاتة الداكنة الغنية، عند تقطيعها، عن مركز لزج متدفق يقترن بشكل جميل مع آيس كريم الفانيليا المصاحب ورذاذ من كوليس التوت.

المرافقات والمشروبات:

طوال الوجبة، استمتع الضيوف بمجموعة مختارة بعناية من الموكتيلات، بدءًا من عصير التفاح المقرمش المنعش للمقبلات والحساء، متبوعًا بمزيج قوي وكامل من الأفوكادو لتكملة الأطباق الرئيسية. تم إقران الحلوى مع موسكاتو دي أستي

الرقيق، وحلاوته الخفيفة التي توازن بين النكهات الغنية للكريم راجبوغ وفندان الشوكولاتة.

في ختام الوجبة، تم تقديم مجموعة متنوعة من القهوة الذواقة والشاي الفاخر، إلى جانب طبق من الأربعة الصغار والكمأ بالشوكولاتة، مما يوفر نهاية مثالية لرفاهية تناول الطعام الفاخرة. كانت كل دورة من العشاء شهادة على فن الطهي، مما يجعل المساء احتفالًا لا ينسى بتناول الطعام الفاخر في أجواء من الفخامة لا مثيل لها. أعطى ديفانغبهاي مبلغًا كبيرًا من المال للمدير لتوزيعه على موظفيه. بعد العشاء تفرقوا جميعًا وتوجهوا نحو أوكارهم.

سئم جميع الأعضاء من جولتهم المحمومة. أرادوا جميعًا أخذ قسط من الراحة. لم يكلف أحد نفسه عناء رؤية ساعاتهم. لم يكن بارث مستعدًا للسماح لسوارانجالي بمغادرة السرير. وبإقناع كبير، استطاع سوارانجالي النزول من السرير لينعش نفسه. في اليوم التالي استيقظوا في وقت متأخر، وتناولوا إفطارهم في وقت متأخر وتناولوا غداءهم في وقت متأخر جدًا. بعد قيلولة بعد الظهر، كان كل شيء جديدًا. نقل سوارانجالي اقتراحًا. "لماذا لا ترتب غاربا على سطح السفينة ؟"

غاربا على سطح السفينة:

يقال إنه إذا تجمعت ثلاث غوجاراتيات لبعض الوقت، فسيبدأون رقص غاربا بأنفسهم. هناك العديد من الغوجاراتيات في كلكتا أيضًا. لذلك ليس هناك ضرر لاستكشاف ما إذا كان هناك بعض الكوجارات يسافرون في الرحلة البحرية. ذهب ماماجي المنقذ

إلى غرفة المدير. بعد مرور بعض الوقت كان هناك إعلان: يرجى الانتباه ؛ سيكون هناك رقص غاربا حول حمام السباحة بعد نصف ساعة في الساعة السادسة مساءً. يُطلب من المهتمين بالمشاركة الاقتراب من حمام السباحة في أقرب وقت ممكن. سيتم تهنئة الأفضل أداءً من قبل إدارة الرحلات البحرية. كان هواء المساء نقيًا ورائحًا مع نسيم البحر حيث اختتم حفل غاربا بوجان على سطح سفينة الرحلات البحرية الفاخرة. حول المسبح المضاء، تم إعداد المسرح لبرنامج رقص غاربا الكبير. تم تزيين السطح بزخارف نابضة بالحياة، وتصميمات رانجولي التقليدية، وأضواء خرافية متلألئة، مما يلقي توهجًا احتفاليًا على المشاركين والمتفرجين على حد سواء.

كما اختتم غاربا الاحتفالي (الإلهة شاكتي) بوجان، استقر جو من الترقب على سطح السفينة. ملأ صوت فالجوني باثاك اللطيف الهواء، وأغانيها الأيقونية التي يمكن التعرف عليها على الفور ومحبوبة من قبل الجميع. أرسلت الملاحظات الافتتاحية لـ "Maine Payal Hai Chhankayi" موجات من الإثارة من خلال الحشد. كان الدي جي المتمركز بالقرب من المسبح يضمن أن تكون الموسيقى صاخبة وواضحة تمامًا، مما يجذب الجميع إلى الاحتفال. لم يتوقع أحد أن هناك العديد من الكوجاراتيين الذين جاءوا مستعدين بالأزياء. كانت المجموعات الرباعية جاهزة أيضًا.

شكل خمسون راكبًا متحمسًا، يرتدون شانيا تشوليس الملونة وكيديوس، دائرة كبيرة حول المسبح. كانت تنانير النساء تدور برشاقة أثناء تحركهن، مما خلق مشهدًا ساحرًا من الألوان

والإيقاع. واستكملت ملابس الرجال، النابضة بالحياة على حد سواء، المزاج الاحتفالي. بدأ المشاركون بخطوات Garba التقليدية، وحركاتهم في انسجام تام مع إيقاعات dhol والتصفيقات الإيقاعية التي يتردد صداها خلال الليل.

سرعان ما انضم إلى صوت فالغوني باثاك مغنون غوجاراتيون بارزون آخرون مثل كيرتيدان غادفي وجيتا راباري. خلقت أغانيهم، التي تتراوح من "OdhniOdhu" النابضة بالحياة إلى "Radha Ne Shyam Mali Jashe"، نسيجًا موسيقيًا نقل الجميع إلى قلب ولاية غوجارات. يبدو أن كل أغنية تبث في الراقصين قوة متجددة، وتصبح خطواتهم أكثر تعقيدًا وبهجة.

حول المسبح، شاهد ركاب آخرون ببهجة، وأضاءت وجوههم بابتسامات وأيديهم تصفق بتشجيع. وقف البعض في مجموعات، يتمايلون على الموسيقى، بينما التقط آخرون المشهد الحيوي على هواتفهم. كان الجو كهربائيًا، مشحونًا بالطاقة المعدية لرقصة غاربا.

مع تقدم المساء، زادت وتيرة الموسيقى، وكذلك زاد حماس الراقصين. توسعت الدائرة وانكمشت في انسجام تام، حيث تتحرك أقدام الراقصين بدقة تكاد تكون منومة. رن الضحك والهتافات حيث تم إنشاء تشكيلات معقدة وتنفيذها بشكل لا تشوبه شائبة. كانت الصداقة الحميمة بين الركاب واضحة، حيث ساهم كل منهم في الفسيفساء النابضة بالحياة في المساء.

جاء أبرز ما في الليلة عندما أعلنت إدارة الرحلات البحرية عن مسابقة صغيرة للأفضل أداءً. كانت الإثارة واضحة حيث بذل

الراقصون كل ما في وسعهم، وأصبحت تحركاتهم أكثر حيوية وتفصيلاً. أصبح تشجيع الحشد أعلى، مما زاد من الحماس الاحتفالي.

أخيرًا، بعد أداء مبهج لـ "Vhalam Aavo Ne" المتفائل، تقدم مدير الرحلة البحرية للإعلان عن الفائز. تم إعلان امرأة شابة، وجهها متوهج بالسعادة والعرق، أفضل أداء في الليل. تم تهنئتها بكأس مصنوع بشكل جميل وباقة من الزهور، زملاؤها الركاب يصفقون ويهتفون تقديرًا. تم الإعلان عن عشاء تكميلي للفائز.

حقق برنامج رقص غاربا حول حمام السباحة في سفينة الرحلات البحرية نجاحًا باهرًا، ليلة من الألوان النابضة بالحياة والموسيقى السعيدة والرقص الحماسي الذي سيتذكره الجميع. مع تلاشي النغمات الأخيرة لأغاني فالجوني باثاك في الليل، تفرق الركاب، وامتلأت قلوبهم بالفرح الاحتفالي الذي لا يمكن أن تجلبه سوى رقصة غاربا.

كان بارث وسوارانجالي وكافيا وبهافيك متعبين للغاية. على الرغم من أن كبار السن شاركوا في غاربا لفترة قصيرة، إلا أنهم لم يكونوا منهكين للغاية. استغرق كل ذلك عشاءً خفيفًا جدًا. كانت الرحلة البحرية تقترب من وجهتها التالية "بود غايا". ستصل إلى هناك خلال منتصف الليل وترسو لهذا اليوم.

عندما تسلل ضوء الفجر الأول عبر الفتحة الصغيرة لمقصورة سفينة الرحلات الفاخرة، استيقظ سوارانجالي وهو يتنهد راضيًا. كان اهتزاز السفينة اللطيف ودندنة أمواج المحيط المهدئة خلفية مثالية لشهر عسلها. بهدوء، حتى لا توقظ بارث، انزلقت من السرير وشقت طريقها إلى الحمام.

تتالى الماء الدافئ فوقها، يغسل بقايا النوم ويملأها بشعور من التجديد. بينما كانت تقف تحت الدش، تجول عقلها في أحداث الأيام القليلة الماضية، الضحك، والأسرار المشتركة، والوعود التي تهمس تحت النجوم. لقد كان حلمًا يتحقق، وشعرت بامتنان عميق لهذه الرحلة الجميلة مع بارث.

بعد حمامها، لفّت سوارانجالي نفسها بمنشفة بيضاء فخمة. ضغطت الماء الزائد من شعرها الكثيف المجعد، وتركته رطبًا ووحشيًا حول كتفيها. نظرت إلى انعكاسها في المرآة، وشعرت خديها بالإثارة والسعادة.

خرجت من الحمام، ورأت بارث لا يزال ينام بسلام، ووجهه هادئ ووسيم. لمدة دقيقة أو دقيقتين أرادت الاستمتاع بالمحيط: رؤية بارث النائم لبعض الوقت. قبل بضعة أسابيع لم تكن تعرف هذا الرجل الوسيم. اليوم هو حياتها. خطرت ببالها فكرة مرحة وانقلبت على السرير وعيناها تتلألأن من الأذى. وقفت بجانبه، وهزت رأسها برفق، وأرسلت قطرات صغيرة من الماء من شعرها تتطاير في الهواء. هبطوا بهدوء على وجه بارث، وتحرك، وعيناه ترفرفان مفتوحتان.

بعد أن رمش الماء، ركز بارث على الرؤية التي أمامه. سوارانجالي، شعرها مبلل، هالة متشابكة، عيناها مليئة بالحب والتسلية. لم يستطع إلا أن يبتسم. "صباح الخير، جميلة"، تمتم، صوته أجش مع النوم.

ضحك سوارانجالي بهدوء، والصوت مثل لحن لآذان بارث. أجابت بنبرة مزعجة: "صباح الخير أيها النعسان". انحنت أكثر، ورائحة شامبو الأزهار تملأ الهواء. مد بارث يده وأمسك بمعصمها، وقبضته لطيفة ولكنها قوية. بحركة سريعة، سحبها إلى السرير وسقطت فوقه بلهفة سعيدة.

تساقط شعرها حولهما مثل الستارة، مما خلق عالمًا خاصًا لكليهما فقط. أشرقت عينا بارث بعاطفة وهو ينظر إليها. قال بهدوء: "تبدين كملاك"، وهو ينظف تجعدًا رطبًا بعيدًا عن وجهها. "أرسل ملاكًا من أجلي فقط".

قلب سوارانجالي يرفرف بكلماته. شعرت باندفاع الدفء والحب لهذا الرجل الذي أصبح كل شيء لها. "وأنت، يا حبيبي، فارسي في درع لامع"، همست مرة أخرى، وأصابعها تتبع خطوط وجهه.

شددت بارث قبضته عليها، ووجوههم قريبة جدًا لدرجة أنها شعرت بأنفاسه على شفتيها. قال بصوت مليء بالإخلاص: "لا أريد أبدًا أن أتركك تذهب".

للحظة، بقوا على هذا النحو، ملفوفين في عناق بعضهم البعض، ونسي العالم الخارجي. ثم، مع بريق مرح في عينها، تملصت سوارانجالي من قبضته. نهضت، ومنشفتها ملتصقة بها، وتراجعت خطوة إلى الوراء.

تحدت ابتسامة مؤذية تعزف على شفتيها: "امسكني إن استطعت".

ضحك بارث على صدى الصوت في المقصورة الصغيرة. قال وهو يخرج من السرير بطاقة مكتشفة حديثًا: "حان دورك".

وهكذا، بدأ اليوم بالضحك والحب، بداية مثالية ليوم آخر في شهر العسل الذي لا ينسى.

أدركوا أن السفينة لا تتحرك. خرجوا من الجناح ووجدوا أنه راسي. "أوه! لقد وصلنا إلى غايا ". قال بارث. على عجل ارتدوا ملابسهم وجاءوا إلى أعضاء المجموعة الآخرين. وجدوا أن المجموعة كانت تجلس على طاولة الطعام وتنتظرهم لتناول الإفطار.

شق سوارانجالي وبارث طريقهما إلى طاولة الطعام. كان أعضاء المجموعة يتحدثون بحيوية وينتظرون الإفطار. تسربت أشعة الشمس الصباحية عبر النوافذ الكبيرة، وألقت توهجًا دافئًا على الطاولة المحددة بشكل جميل. ملأت رائحة الطعام الطازج الهواء، ووعدت بوجبة لذيذة. عندما انضموا إلى المجموعة، رحب سوارانجالي بالجميع بابتسامة مبهجة. "صباح الخير! آمل أن تكونوا جميعًا جياعًا لأن لدينا وليمة أمامنا ". جلبت الخوادم من سفينة الرحلات البحرية، مرتدية ملابس لا تشوبها شائبة، مجموعة من عناصر الإفطار الغوجاراتية التقليدية، كل طبق أكثر جاذبية من الأخير.

أول من وصل كان الدوكلاس الذهبي الرقيق. تم تزيين كعك دقيق الجرام المطهو على البخار ببذور الخردل وأوراق الكاري وجوز الهند المبشور الطازج، ويقدم مع صلصة خضراء منعشة وصلصة تمر هندي حلوة. ضمنت سوارانجالي حصول الجميع على حصة سخية، مع معرفة عدد أصدقائها الذين أحبوا هذه البهجة اللذيذة. للحظة اشتاقت لصديقتها سانجيتا.

كان العنصر التالي الذي تم تقديمه هو الخندوي، وهي لفائف رقيقة مصنوعة من دقيق الحمص واللبن، مزينة بتلطيف بذور الخردل وبذور السمسم. كان ملمسها الحريري ونكهتها الحارة بشكل معتدل ضربة فورية. ثيبلا، خبز مسطح رقيق مصنوع من دقيق القمح الكامل وأوراق الحلبة، كان مصحوبًا بجانب من المخللات والزبادي. كانت هذه المفضلة لدى المجموعة بسبب تنوعها وذوقها المريح. ثم أخرجت الخوادم muthias، فطائر مطهوة على البخار ومقلية قليلاً مصنوعة من قرع الزجاجة والدقيق المتبل. كان ملمسها ونكهاتها الفريدة مفاجأة مبهجة لغير المطلعين عليها. إلى جانب ذلك، كان هناك كيك لذيذ مصنوع من الأرز وعجين العدس، مخبوزًا بشكل مثالي مع مظهر خارجي متموج وداخل ناعم.

تم وضع وعاء كبير من البوها في وسط الطاولة، مزين بالفول السوداني وأوراق الكاري وعصر من الليمون الطازج. كان طبق الأرز المسطح الخفيف والرقيق، مع توابله الرقيقة، إضافة منعشة إلى الانتشار. أكملت الوليمة الفافدا والجليبي، وهما مزيج كلاسيكي. الفافدا المقرمشة اللذيذة المصنوعة من دقيق الجرام المقترنة بشكل مثالي مع الجليبي الحلو والشراب، مما يخلق توازنًا متناغمًا من النكهات.

وبينما كانت المجموعة تتعمق في الوجبة الفخمة، تدفقت الضحكات والمحادثات بحرية. ضمن سوارانجالي، المشرف إلى جانب خوادم سفينة الرحلات البحرية، حصول الجميع على ما يحتاجون إليه وتجديد الطعام على الفور. تحركت برشاقة بين الطاولات، وعيناها تلمعان من الفرح وهي ترى الجميع يستمتعون بالإفطار.

تبادل بارث، جالسًا بجانب رأس الطاولة حيث كان با جالسًا، ابتسامة عارفة مع سوارانجالي. "لقد تفوقت على نفسك"، أثنى، متذوقًا قضمة من دوكلا. "هذا أفضل إفطار تناولناه حتى الآن."

ورددت المجموعة مشاعره، معربة عن تقديرها للطعام اللذيذ والتفكير وراء كل طبق. مزيج من النكهات الأصيلة وصداقة الأصدقاء جعل الوجبة تجربة لا تنسى. بينما كانوا يستمتعون بالوجبات الأخيرة من إفطارهم، كان المزاج مليئًا بالرضا والسعادة، وبداية مثالية ليوم آخر من رحلتهم المذهلة.

جاء إعلان، طُلب من الجميع التجمع في قاعة تجميع سفينة الرحلات البحرية في الطابق الأول من سطح السفينة. قبل نزول الركاب لاستكشاف المدينة، سيكون هناك إحاطة. تم تجميعهم جميعًا في منطقة الإحاطة. كانت قاعة ولائم كبيرة جدًا. ووصف المتحدث أهمية مدينة بود غايا. أعطى وصفًا دقيقًا باستخدام شرائح باور بوينت. وقدم سرده على النحو التالي:

Slide one: Bodh Gaya: The Sacred Seat of Enlightenment

بود غايا، وهي بلدة صغيرة في ولاية بيهار الهندية، هي واحدة من أكثر مواقع الحج تبجيلاً في العالم. هنا حقق سيدهارثا غوتاما، الذي عُرف لاحقًا باسم بوذا، التنوير تحت شجرة بودي قبل أكثر من 2500 عام. يجذب هذا المكان المقدس عددًا لا يحصى من الحجاج والزوار الذين يسعون إلى التواصل مع التراث الروحي العميق والأجواء الهادئة لهذا الموقع المقدس.

الشريحة الثانية: شجرة بودي:

يقع مجمع معبد ماهابودي في قلب بود غايا، وهو أحد مواقع التراث العالمي لليونسكو، وداخل أرضه توجد شجرة بودهي الأسطورية (Ficus Religiosa). هذه الشجرة هي سليل مباشر لشجرة بودي الأصلية التي تأمل بوذا في ظلها وحصل على التنوير. يتم تبجيل شجرة بودي الحالية، والمعروفة أيضًا باسم "شجرة بو" أو "بودي فريكشا"، من قبل البوذيين في جميع أنحاء العالم. شجرة بودي هي شجرة قديمة مترامية الأطراف مع مظلة كثيفة من الأوراق على

شكل قلب. إنه محاط بدرابزين حجري يعود إلى الفترة الماورية، مزين بنقوش معقدة تصور مشاهد من حياة بوذا. غالبًا ما يجلس الحجاج تحت ظله، أو يتأملون أو ببساطة يمتصون الجو الهادئ، ويشعرون بارتباط عميق بالحدث الهام الذي حدث هنا منذ قرون.

الشريحة الثالثة: معبد ماهابودي:

بجوار شجرة بودي يوجد معبد ماهابودي، أحد أقدم هياكل الطوب في الهند وتحفة من العمارة الهندية. يتوج برج المعبد الشاهق، الذي يرتفع إلى ارتفاع حوالي 55 مترًا، ببرج كبير مذهب. المعبد مزين بالنقوش والمنحوتات الرائعة التي تحكي قصة رحلة بوذا إلى التنوير. داخل المعبد، يضم الحرم الرئيسي تمثالًا مذهبًا كبيرًا لبوذا في "بوميسبارشا مودرا" (لفتة لمس الأرض)، ترمز إلى لحظة تنويره. ينضح هذا التمثال بشعور من السلام والصفاء، ويجذب الحجاج إلى حالة من التأمل والتوقير.

الشريحة الرابعة: فاجراسانا (العرش الماسي)

يقع تحت شجرة بودي مباشرة، داخل مجمع معبد ماهابودي، عرش فاجراسانا أو العرش الماسي. تمثل هذه اللوحة الحجرية المكان المحدد الذي جلس فيه بوذا في التأمل لمدة 49 يومًا، محققاً التنوير. يعتبر فاجراسانا أقدس مكان في بود غايا، ويأتي الحجاج من جميع أنحاء العالم للتعبير عن احترامهم والتأمل في هذا الموقع الميمون.

الشريحة الخامسة: Animesh Lochana Chaitya:

إلى الشمال من معبد ماهابودي يقف Animesh Lochana Chaitya، وهو ضريح صغير يمثل المكان الذي قضى فيه بوذا الأسبوع الثاني بعد تنويره. يُعتقد أنه وقف هنا يحدق بلا تردد في شجرة بودي بامتنان وتوقير. اسم "Animesh Lochana" يعني "العيون التي لا ترمش"، ويرمز إلى تأمل بوذا العميق وامتنانه للشجرة التي كانت تحميه أثناء تأمله.

الشريحة السادسة: راتناغار تشايتيا:

يعد Ratnagar Chaitya، أو Jewel House، موقعًا مهمًا آخر داخل مجمع معبد Mahabodhi. إنه يمثل المكان الذي قضى فيه بوذا الأسبوع الثالث في التأمل، والتفكير في الحقائق العميقة التي

أدركها. يزين الضريح منحوتات وتماثيل معقدة، تصور مشاهد مختلفة من حياة بوذا وطريقه إلى التنوير.

الشريحة السابعة: بحيرة موتشاليندا:

إلى الجنوب من مجمع معبد ماهابودي تقع بحيرة موتشاليندا، التي سميت على اسم الملك الثعبان موتشاليندا. وفقًا للأسطورة، خلال الأسبوع السادس بعد تنويره، كان بوذا يتأمل بجانب هذه البحيرة عندما نشأت عاصفة كبيرة. خرج موتشاليندا، ملك الثعبان، من البحيرة ولف حول بوذا، وحميه من العناصر بغطاء رأسه. يقف تمثال يصور هذا الحدث بجانب البحيرة، مذكراً الزوار بهدوء بوذا والحماية الإلهية التي تلقاها.

الشريحة الثامنة: مسار تشانكرامانا:

مسار تشانكرامانا، المعروف أيضًا باسم ممشى الجوهرة، هو المسار الذي سار فيه بوذا ذهابًا وإيابًا خلال الأسبوع الرابع بعد تنويره. يصطف هذا الممشى مع اللوتس، مما يرمز إلى النقاء والارتفاع الروحي المرتبط بتعاليم بوذا. غالبًا ما يسير الحجاج على هذا الطريق، مما يعكس رحلة بوذا والرؤى العميقة التي اكتسبها.

الشريحة التاسعة: تمثال بوذا العظيم:

على مسافة قصيرة من مجمع معبد ماهابودي يقف تمثال بوذا العظيم، وهو تمثال ضخم يبلغ ارتفاعه 25 مترًا لبوذا في وضع تأمل جالس. تم تكريس هذا التمثال المثير للإعجاب، المصنوع من الحجر الرملي والجرانيت الأحمر، في عام 1989 وأصبح منذ ذلك الحين معلمًا بارزًا في بود غايا. يحيط بتمثال بوذا العظيم حدائق ذات مناظر طبيعية جميلة وتماثيل أصغر لتلاميذ بوذا، وهو دليل على الإرث الدائم لتعاليم بوذا.

الشريحة العاشرة: أديرة مختلفة:

بود غايا هي موطن للعديد من الأديرة والمعابد التي بنتها المجتمعات البوذية من مختلف البلدان، مما يعكس الأهمية العالمية لهذا الموقع المقدس. تقدم هذه الأديرة لمحة عن التعبيرات الثقافية المتنوعة للبوذية.

الدير التايلاندي، والدير التبتي، ومعبد نيبونزان ميوهوجي الياباني، والدير البوتاني ليست سوى أمثلة قليلة على الوجود الدولي في بود غايا. لكل دير أسلوبه المعماري الفريد وأجواءه الروحية، مما يوفر تجربة غنية ومتنوعة للزوار.

الشريحة الحادية عشرة: لغز نهر فالجو:

نهر فالجو، الذي يتدفق عبر مدينة غايا القديمة، غارق في الأهمية الأسطورية والتاريخية. هذا النهر، على الرغم من أنه غالبًا ما يظهر جافًا على السطح، إلا أنه يحمل جوهرًا روحيًا عميقًا، مع قصص تتشابك مع العوالم الإلهية والفانية.

ينبع نهر فالجو من التلال القريبة من بود غايا ويتعرج عبر سهول غايا قبل الاندماج مع نهر بونبون. السمة الفريدة للفالغو هي مظهره ؛ خلال معظم أجزاء السنة، يظل مجرى النهر رمليًا وجافًا، مع تدفق المياه تحت السطح. أثارت هذه الظاهرة اهتمام الجيولوجيين والمحبين على حد سواء.

الشريحة الثانية عشرة: الأهمية الأسطورية:

نهر فالجو ليس مجرد كيان جغرافي ولكنه عنصر محوري في الأساطير الهندوسية. تشتهر بشكل خاص بصلتها بالملحمة رامايانا والقصة التي تتضمن اللورد راما وسيتا.

الشريحة الثالثة عشرة: قصة رام- سيتا:

وفقًا لرامايانا، خلال نفيهم الذي دام 14 عامًا، سافر اللورد راما وزوجته سيتا وشقيقه لاكسمانا إلى أجزاء مختلفة من الهند. وقعت إحدى الحلقات المهمة من رحلتهم في غايا. يؤكد التقليد الهندوسي على أهمية أداء "Pind Daan"- وهي طقوس لسلام

النفوس الراحلة. قرر اللورد راما أداء هذه الطقوس لوالده المتوفى، الملك دشاراثا، على ضفاف نهر فالجو.

بينما كانت الاستعدادات جارية، ذهب اللورد راما لجلب الأشياء الضرورية، تاركًا سيتا بجانب النهر. بينما كانت تنتظر، ظهرت روح دشاراثا، متلهفة لبدء الطقوس. مع عدم وجود اللورد راما، واجهت سيتا معضلة. نظرًا لأن روح الملك دشاراثا كانت تصر وتضطرب، قررت سيتا أداء الطقوس بنفسها باستخدام المواد المتاحة، وقبضة من الرمل وثمار شجرة بانيان القريبة، والمعروفة أيضًا باسم شجرة أكشايافات.

عندما عاد اللورد راما وتعلم عن الطقوس، شكك في صحة الحفل الذي أجري بدون العناصر التقليدية. لتأكيد رواية SITA، طلب شهودًا. كان نهر فالجو وبقرة وكاهن براهمة وشجرة بانيان حاضرين. ومع ذلك، مما أثار استياء سيتا، أن شجرة البانيان فقط هي التي دعمت قصتها. غضبت من صمت الآخرين أو خداعهم، ولعنتهم.

الشريحة الرابعة عشر: اللعنة وعواقبها:

كانت لعنة SITA آثار دائمة:

1. نهر فالجو: لعنت النهر ليجف على السطح، موضحة سبب ظهور فالجو كمجرى نهر جاف على الرغم من تدفق المياه تحت الأرض.
2. البقرة: لعنت البقرة بأنها ستضطر إلى مضغ برعمها بشكل دائم.
3. البراهمة: لعنت البراهمة حتى لا يرضى أبدًا بما تلقاه.

الشريحة الخامسة عشر: الأهمية الدينية والثقافية

يتمتع نهر فالجو وشجرة أكشايافات بأهمية دينية هائلة. يتدفق المحبون إلى غايا لأداء بيند دان لأسلافهم، معتقدين أن الطقوس التي تتم هنا، خاصة بواسطة نهر فالجو، لها قدسية لا مثيل لها وتضمن السلام للأرواح الراحلة.

الشريحة السادسة عشرة: غايا الحديثة ونهر فالجو:

اليوم، جايا هي مدينة صاخبة، ولا يزال نهر فالجو موقعًا للأنشطة الدينية العميقة. يجتمع الحجاج، خاصة خلال الفترات الميمونة، لأداء طقوس الأجداد. لا يزال النهر، بخصائصه الفريدة وخلفيته الأسطورية الغنية، شهادة على الإيمان والتقاليد الدائمة للثقافة الهندوسية.

في جوهره، نهر فالجو هو أكثر من مجرد مجرى مائي طبيعي ؛ إنه شريان حياة روحي يربط المصلين بأسلافهم والإله، مشبع بقصص التفاني والواجب والتدخل الإلهي.

الشريحة الأخيرة: الخاتمة:

بوذا غايا هو أكثر من مجرد موقع تاريخي ؛ إنه شهادة حية على القوة التحويلية لتنوير بوذا. تخلق شجرة بودي المقدسة ومعبد ماهابودي المهيب والمزارات والآثار المختلفة داخل المجمع بيئة هادئة وتأملية تلهم الزوار للشروع في رحلاتهم الروحية الخاصة. بينما يتأمل الحجاج تحت شجرة بودي، أو يسيرون على طول مسار تشانكرامانا، أو يقدمون الصلوات في فاجراسانا، فإنهم يتواصلون مع الإرث العميق لبوذا والحكمة الخالدة لتعاليمه. لا تزال بود غايا منارة للتنوير، تجذب الباحثين من جميع أنحاء العالم لتجربة وجودها المقدس والتحويلي.

واصل الراوي القول إن ست حافلات ستنتظر على الطريق كما كانت في مرشد أباد. قال: "من فضلكم لا تغيروا مقاعدكم. لمدة ساعة واحدة، ستمر الحافلة عبر المدينة وتريك قاع نهر فالجو

الجاف. ثم ستتوقف عند شجرة بودي فريكشا. في وقت لاحق سوف تذهب إلى تمثال بوذا. ستنزلون جميعًا في مكانين فقط. جميع الأماكن الأخرى التي تلاحظها من مقعدك في الحافلة. سيتم تقديم عبوات الطعام خارج تمثال بوذا العظيم. سيتم إعطاء كل راكب زجاجة من المياه المعدنية. سيتم توفير زجاجة إضافية إذا كنت بحاجة إليها ".

وبناءً على ذلك، نزل جميع الركاب من الرحلة البحرية وتوجهوا نحو الحافلة. جلس بارث وسوارانجالي في الجزء الخلفي من الحافلة وجلس الباقي في المنطقة الأمامية.

جولة رائعة بالحافلة في مدينة غايا:

رحبت جايا، المدينة الغارقة في الأهمية الروحية والجاذبية التاريخية، بزوارها بأذرع مفتوحة وهم يشرعون في جولة لا تنسى بالحافلة. كان اليوم مشرقًا، والسماء زرقاء لامعة، والهواء يطن بالإثارة عندما انطلقت الحافلة من وسط المدينة. وعدت الجولة برحلة غنية عبر غايا، مع توقف خاص عند بودي فريكشا المبجل وتمثال بوذا العظيم المهيب.

كانت الحافلة تتجول في شوارع غايا الصاخبة، وتقدم لمحات عن حياة المدينة النابضة بالحياة. روى الدليل حكايات مثيرة للاهتمام عن ماضي غايا الغني ؛ مسلطًا الضوء على أهميته كموقع حج رئيسي للهندوس والبوذيين على حد سواء. مع تحرك الحافلة، أعجب الركاب بمزيج من الهندسة المعمارية التقليدية والحديثة، والأسواق الحيوية، وضفاف الأنهار الهادئة التي حددت المناظر الطبيعية للمدينة.

كانت المحطة الرئيسية الأولى هي بودي فريكشا، وهي شجرة تين مقدسة حقق تحتها سيدهارتا غوتاما التنوير وأصبح بوذا. مع اقتراب الحافلة من مجمع معبد ماهابودي، أصبح الجو هادئًا، وملأ الهواء شعور بالخشوع. نزل الركاب وساروا نحو بودي

فريكشا، وصوت حفيف الأوراق ونفخات الحجاج الناعمة التي تخلق أجواء هادئة. كان مشهد الشجرة القديمة، بمظلاتها الواسعة وجذورها التي بدت وكأنها تلمس السماء، مذهلاً. قضى المصلون والزوار على حد سواء الوقت في التأمل، وتقديم الصلوات، والنقع في الطاقة الروحية العميقة التي تحيط بالمكان.

اقترب با من الشجرة، وتبعها آخرون. أخذ الجميع براداكشينا حول بودي فريكشا وجمعوا الأوراق التي سقطت من أعلى الشجرة. جلسوا هناك مع المصلين الآخرين لبعض الوقت، ثم استكشفوا الضريح.

بعد قضاء ساعة تأملية في بودي فريكشا، استمرت الجولة إلى تمثال بوذا العظيم، أحد أكثر معالم غايا شهرة. يقف التمثال على ارتفاع 80 قدمًا مثيرًا للإعجاب، وينضح بشعور من الهدوء والعظمة. صورت بوذا في وضعية التأمل جالسًا، وتعبيره الهادئ يجسد جوهر السلام والاستنارة. وفرت الحدائق المورقة والمسارات المشذبة جيدًا حول التمثال مكانًا مثاليًا للزوار للاسترخاء والتأمل. في جميع الأماكن، تصرف كافيا وبهافيك كأشخاص كاميرا.

كان الغداء حدثًا ممتعًا في موقع التمثال. رتب منظمو الجولات السياحية بعناية حزم الغداء للجميع، والتي تضمنت مجموعة متنوعة من الأطباق المحلية الشهية. انتشر الزوار على المروج، واستمتعوا بوجباتهم وسط المناطق المحيطة الجميلة. ملأت أصوات الضحك والمحادثة الهواء أثناء مشاركتهم لتجاربهم وترابطهم خلال الرحلة المشتركة. صنعت نكهات الطعام، جنبًا إلى جنب مع الجو الهادئ، لاستراحة غداء لا تنسى ومنعشة.

مع بدء هبوط شمس الظهيرة، مما ألقى صبغة ذهبية على المناظر الطبيعية، استؤنفت جولة الحافلة. كانت رحلة العودة مليئة بالتأمل في تجارب اليوم، والمعالم السياحية، والهالة الروحية لغايا. استمر الدليل في مشاركة الحكايات الرائعة والحقائق الأقل شهرة حول المدينة، مما أبقى الجميع مشاركين ومسلية.

واختتمت الجولة في وسط المدينة بالقرب من رصيف الميناء، لكن ذكريات اليوم بقيت في أذهان وقلوب الزوار. تركت الزيارة إلى بودي فريكشا وتمثال بوذا العظيم علامة لا تمحى، حيث ذكّرت الجميع بتراث غايا الروحي الخالد ورسالته الدائمة المتمثلة في السلام والتنوير. جعلت رحلة الحافلة واللحظات المشتركة والتجارب الثرية جولة مدينة غايا فصلًا عزيزًا في يوميات سفرهم. بعد ست ساعات من جولة مثمرة في مدينة غايا، عادوا جميعًا إلى سفينة الرحلات البحرية الخاصة بهم. كان با متعبًا جدًا. أخذت كافيا وسوارانجالي با إلى جناحها. كانت ترغب في أخذ قسط من الراحة.

أمسية ساحرة من السحر على متن سفينة الرحلات البحرية:

وفقًا للجدول الزمني، طُلب من الركاب التجمع في مطعم الملك. سيكون هناك عرض سحري مع وجبات خفيفة ومشروبات. نما تدفق الركاب وفي غضون دقائق، كانت القاعة ممتلئة.

عندما غابت الشمس تحت الأفق، وألقت توهجًا ذهبيًا عبر مياه النهر المتلألئة، كان الترقب يطن في الهواء على متن سفينة الرحلات البحرية الفاخرة. وعدت الأمسية بعرض سحري ساحر، وهو حدث ينتظره جميع الركاب بفارغ الصبر. تحولت قاعة الاحتفالات الكبرى بأناقة إلى أرض عجائب غامضة، مزينة بأضواء متلألئة وستائر أثيرية، مما مهد الطريق المثالي لليلة ساحرة من الأوهام والعجائب.

جلس الضيوف على مقاعدهم وعيونهم متلألئة بالإثارة والفضول. كان الجو كهربائيًا، مليئًا بالهمسات الصامتة والثرثرة المتحمسة. بدأ العرض بازدهار عندما صعد الساحر الأول إلى المسرح، مرتديًا زيًا مبهرًا يتلألأ تحت الأضواء. بموجة من يده ونقرة من عصاه، استحضر الأوشحة الملونة من الهواء الرقيق، كل منها أكثر حيوية من السابق، تاركًا الجمهور في رهبة.

بعد ذلك، أسرت ساحرة أنيقة الجميع بحركاتها الرشيقة والمآثر التي تبدو مستحيلة. رفعت طوقًا فضيًا، مما جعله يطفو حولها دون عناء، متحدية الجاذبية بكل لمسة حساسة. تردد صدى صيحات الدهشة في الغرفة حيث دعت طفلاً من الجمهور إلى المرور عبر الطوق، مما يثبت عدم وجود أسلاك أو حيل خفية. أضاف ضحك الطفل وعجب العينين طبقة إضافية من السحر إلى الأداء.

استمرت الليلة بسلسلة من الأعمال المذهلة، كل منها أكثر إثارة للدهشة من سابقتها. ظهرت البطاقات واختفت في موجة من حركات اليد الماهرة، واختفت العملات المعدنية فقط لتظهر مرة أخرى في أماكن غير متوقعة، وبدا أن الأشياء تنتقل فوريًا عبر المسرح. ترك خفة يد السحرة الماهرة والتنفيذ السلس لحيلهم الجمهور مذهولًا، وتزايد تصفيقهم بصوت عالٍ مع كل فعل. كان هناك استراحة. تم تقديم الوجبات الخفيفة والمشروبات.

ثم كان تسليط الضوء على المساء، وهو عمل ساحر من التنويم المغناطيسي. خفتت أضواء المسرح، وسقط صمت على الحشد بينما احتل المنوم المغناطيسي، وهو رجل طويل ذو عيون ثاقبة وصوت مهدئ، مركز الصدارة. شرح قوة الاقتراح وعجائب العقل الباطن، مما يمهد الطريق للعرض المذهل الذي سيتبعه.

مع لفتة دراماتيكية، دعا المنوم المغناطيسي متطوعًا من الجمهور. تقدمت سيدة شجاعة، حماستها ممزوجة بتلميح من التوتر، إلى الأمام. تحدث المنوم المغناطيسي بهدوء، وأرشدها إلى حالة من الاسترخاء. شاهد الجمهور باهتمام شديد بينما كانت جفونها ترفرف ثم أغلقت جسدها يتأرجح برفق وهي تستسلم لصوت المنوم المغناطيسي المهدئ.

في غضون لحظات، كانت السيدة تحت تأثير تعويذته تمامًا. طلبت منها المنومة أن تؤدي مهامًا بسيطة، ومما أثار دهشة الجمهور أنها امتثلت دون عناء. رقصت كما لو كانت راقصة باليه، وحركاتها رشيقة وسائلة. غنت بصوت رقيق، وهو صوت ادعت أنها لم تغنيه من قبل. كان الجمهور مفتونًا، وتوقف عدم تصديقهم في مواجهة مثل هذا المشهد الاستثنائي.

ثم أخرجها المنوم المغناطيسي بلطف من الغيبوبة، وعندما استيقظت، نظرت حولها في دهشة، غير مدركة للعجائب التي كانت تؤديها للتو. ثار الجمهور في تصفيق مدوي، تصفيق حار لكل من المنوم المغناطيسي والمتطوع الشجاع. اختتم العرض السحري بعمل أخير من الوهم الكبير، وهو عمل يختفي من الساحر من المسرح الذي ترك الجميع يلهثون ويهتفون في فرحة. وجد الساحر جالسًا على المقعد الأخير من القاعة. كاد الجميع يصرخون لرؤيته هناك. عندما غادر الضيوف مطعم الملك، امتلأت عقولهم بسحر الأمسية. كان العرض السحري على متن سفينة الرحلات رحلة إلى ليلة غير عادية حيث أصبح المستحيل ممكنًا، وأصبحت الأحلام والواقع غير واضحين.

كان با يأخذ قسطاً من الراحة. لم تذهب إلى عرض السحر. كان ديفانغبهاي معها. كان الثنائي الأم وابنها يتحدثان عن الأحداث خلال الأسبوعين ونصف الأسبوع الماضيين. لقد كان حلمًا يتحقق تقريبًا. كانوا يعرفون أن بارث جوهرة صبي. وسوارانجالي ملاك.

قالت با لابنها: "ستكون مسؤوليتنا رعاية هذه الفتاة. يجب ألا تتأذى بأي وسيلة كانت. علينا أن نخلق الفرص والتسهيلات لها لإكمال الدكتوراه في الموسيقى الكلاسيكية الهندية. لم يسبق لي أن رأيت فتاة متعددة الاستعمالات مثلها. ستأخذ شركتنا في يوم من الأيام إلى مستوى أعلى بدعم مناسب من بارث. في غضون سنوات قليلة، يجب على سوارانجالي إقناع بارث بالعودة إلى الهند. فقط هي التي يمكنها أن تفعل المعجزة ولا شيء غير ذلك ".

أعربت با عن تقديرها لكرم ابنها لجعل سوارانجالي مديرًا لشركتهم. الآن ستكون مستقلة ماليًا جنبًا إلى جنب مع سلطتها في اتخاذ القرار في الشركة.

دخل جميع أعضاء المجموعة فجأة إلى الغرفة بكثير من المرح. قالوا جميعًا كم غاب با وبابا عن عرض السحر. لكنهم لم يعرفوا كم استمتعت با بصحبة ابنها بعد فترة طويلة. بعد العشاء الفخم، عرضوا "ليلة سعيدة" على بعضهم البعض وأخذوا إجازة. كانت سفينة الرحلات قد عبرت بالفعل نصف المسافة من فاراناسي في موعدها التالي.

كان بارث على السرير ينتظر خروج سوارانجالي من الحمام. استلقى بارث على السرير، وعيناه تتبعان التوهج الناعم لضوء الحمام. توقفت أصوات المياه الجارية، وبعد لحظة، ظهرت سوارانجالي، وشعرها الرطب يتساقط على ظهرها. بدت هادئة وجميلة في ثوب نومها البسيط، ووجهها يتوهج بذكريات الإثارة اليومية. سارت إلى السرير، وخطواتها خفيفة ورشيقة. جلست بجانبه، وأعطته ابتسامة متعبة ولكن حنونة. مد بارث يده وأخذ يدها برفق، وأصابعه تتشابك مع أصابعها.

همس بصوت رقيق: "اليوم كان لا يصدق".

أومأت سوارانجالي برأسها وعيناها متألقتان. "كان كذلك. كانت غايا روحية للغاية، والعرض السحري... ما زلت لا أصدق بعض الحيل التي رأيناها!"

ضحك بارث بهدوء. "أعرف، أليس كذلك ؟ لكن هل تعرف ما هو السحر الحقيقي ؟" توقف، واشتدت نظرته. "إنها لحظات كهذه، معك."

احمر خدود سوارانجالي قليلاً وهي تنظر إلى الأسفل، وابتسامة خجولة تتلألأ على شفتيها. "بارث، أنت رجل رومانسي شقي".

رفع يدها إلى شفتيه، وقبلها بهدوء. "إنه لك فقط، سوارانجالي. أنت تجعل كل شيء يبدو مميزًا ".

جلسوا في صمت مريح لفترة من الوقت، ببساطة يستمتعون بحضور بعضهم البعض. تتبع بارث دوائر لطيفة على راحة يدها بإبهامه، ولم تترك عيناه وجهها أبدًا.

"أشعر أنني محظوظ جدًا لوجودك"، تمتم، وصوته مليء بالإخلاص.

انحنت سوارانجالي أقرب، وأرست رأسها على كتفه. أجابت بهدوء: "وأنا، أنت". "دعونا نعتز بكل لحظة، بارث."

لف ذراعه حولها، وسحبها أقرب. همس: "دائمًا"، وهو يضغط قبلة على شفتيها. مع امتلاء قلوبهم وقناعتهم، استقروا أخيرًا في النوم، ملفوفين بدفء حبهم.

فاراناسي وكاشي فيشوانث دارشان وجولة

دخلت سفينة الرحلات البحرية "River Ganga Vilas" مياه فاراناسي في وقت مبكر من صباح اليوم التالي. كان كل راكب في تلك السفينة ينتظر إلقاء نظرة على خط سماء فاراناسي. عندما دخلت الرحلة البحرية مياه فاراناسي المقدسة، ملأ الهواء شعور واضح بالرهبة والتوقير. استقبلت المدينة، وهي واحدة من أقدم الأماكن المأهولة بالسكان على وجه الأرض، الركاب بإطلالة بانورامية على قبعاتها الشهيرة، كل منها غارق في التاريخ والروحانية والثقافة المحلية النابضة بالحياة.

كان أول مشهد يأسر الجميع هو داشاشواميده غات الشهير. تقول الأسطورة أن اللورد براهما قام بطقوس كبيرة من عشرة تضحيات بالخيول هنا للترحيب باللورد شيفا. تعج القات بالحياة: الكهنة الذين يؤدون طقوسًا متقنة، والمصلون الذين يؤدون الغطس المقدس في نهر الجانج المقدس، والسياح الذين يلتقطون المشهد برهبة. كان الهواء كثيفًا برائحة البخور وهتافات المانترا، مما خلق جوًا من الروحانية العميقة.

بعد ذلك كان مانيكارنيكا غات، أحد أهم المواقع لحرق الجثث الهندوسية. هنا، لعبت دورة الحياة والموت في واقع صارخ. النيران المقدسة تحترق باستمرار، كما فعلت لقرون، مع حرق الجثث في طقوس رسمية لكنها مقبولة. على الرغم من الأنشطة الكئيبة، كان هناك قبول هادئ بين الناس، مما يؤكد الإيمان الهندوسي بالطبيعة الدورية للوجود.

عندما انزلقت الرحلة أكثر، رأى الركاب هاريشاندرا غات، وهي قبعة حرق رئيسية أخرى سميت على اسم الملك الأسطوري هاريشاندرا، الذي يقال إنه عمل هنا كقائد (حارس أراضي الحرق) لدعم التزامه بالحقيقة والإحسان. تم حفر قصص تفانيه الثابت للواجب والحقيقة في جوهر القات، مما زاد من الوزن الروحي للمكان.

حدد عاصي غات الطرف الجنوبي من سلسلة الغات. كانت مركزًا للعلماء والطلاب والسياح على حد سواء، وكانت مكانًا للتقارب بين عشاق اليوغا وأولئك الذين يبحثون عن العزاء في أرتي الصباحي الهادئ. يمارس الناس اليوغا على الدرج، وأشكالهم مظللة ضد الشمس المشرقة. تعكس المياه الهادئة ألوان الفجر القرمزية، مما يخلق جوًا خلابًا وتأمليًا.

برز كيدار غات، مع معبده المزخرف الزاهي المكرس للورد شيفا، بألوانه النابضة بالحياة. كانت مفضلة لدى الحجاج من جنوب الهند، والمعروفة بالمياه البكر في منطقة الاستحمام الخاصة بها، والتي تعتبر أقرب إلى نهر الجانج المقدس في راميشوارام. احتشد القات مع الناس الذين يأخذون الانخفاضات الطقسية، وإيمانهم غرس المكان مع طاقة روحية قوية.

بالقرب من شيفالا غات الهادئة والأقل ازدحامًا، والمعروفة بجمالها الخلاب والقصر الفخم المهيب لملك نيبالي. قدمت هذه القات لحظة من السلام وسط الصخب، حيث يلعب الأطفال ويمارس السكان المحليون روتينهم اليومي، دون أن يتأثروا بحشود الزوار.

ثم جلبت الرحلة البحرية الركاب إلى بانشجانغا غات، حيث يُعتقد أن الأنهار المقدسة الخمسة تتلاقى. احتلت هذه القات مكانة خاصة في قلوب المؤمنين، الذين جاءوا لطلب البركات من الملتقى الإلهي. كان

مسجد ألامجير القديم، بمزيج فريد من العمارة المغولية والهندوسية، بمثابة تذكير بنسيج فاراناسي الثقافي الغني والمتنوع.

أخيرًا، وصلت الرحلة البحرية إلى تولسي غات، التي سميت على اسم الشاعر المبجل القديسة تولسيداس الذي ألف رامشاريتماناس هنا. تردد صدى القات مع تلاوات آياته، وكانت الأمسية التي أداها أرتي هنا مشهدًا من التفاني والنور.

وبينما كانت الرحلة تشق طريقها ذهابًا وإيابًا على طول غاتس فاراناسي الغامضة، انغمس الركاب في نسيج حي من التفاني والثقافة والتقاليد الخالدة. تركت مشاهد وأصوات وهالة الغات الروحية علامة لا تمحى على قلوبهم، مما يضمن أن زيارتهم إلى فاراناسي ستكون ذكرى عزيزة عليهم إلى الأبد. بأيدٍ مطوية، كان جميع الأعضاء يعبدون الأم غانغا ويتمنون الخير للجميع.

تناول عدد قليل جدًا من الركاب وجبة الإفطار. بقي آخرون صامتين حتى يشهدوا اللورد فيسواناث. من جيتي، أخذوا ثلاث عجلات. كانت تذاكر دارشان معهم بالفعل. باستثناء با، كان على الجميع السير لمسافة معينة. كان با على كرسي متحرك. نظرًا لأنه يوم من أيام الأسبوع، كان الحشد معتدلًا.

دارشان

ألقت شمس الصباح وهجها اللطيف على فاراناسي، واستحمت المدينة القديمة في ضوء ذهبي ناعم. وقف با وبارث وسوارانجالي وبقية عائلاتهم عند مدخل ممر كاشي فيسواناث الشهير، وهو ممر واسع ومعبّد بشكل جميل يؤدي مباشرة إلى معبد كاشي فيسواناث المبجل. امتلأ الهواء بهالة من الترقب والإخلاص، حيث اجتمع الزوار من جميع أنحاء العالم لطلب البركات من الرب شيفا، الإله الرئيس لهذا المزار المقدس.

عندما دخلوا إلى الممر، صدمت الأسرة على الفور بعظمتها. كان الشارع الواسع مبطنًا بالحدائق الخضراء المورقة والمقاعد المصممة بشكل معقد، مما يوفر أجواء هادئة ومرحبة. تزين التماثيل المهيبة لمختلف الآلهة والشخصيات البارزة من الأساطير الهندوسية المسار ؛ كل واحد وضعت بدقة تنضح هالة من النعمة الإلهية. زينت الجدران على طول الممر بنقوش معقدة وجداريات جميلة تصور مشاهد من النسيج الغني لتاريخ فاراناسي الروحي.

تحركت با، مع سنوات حكمتها واتصالها الروحي العميق، إلى الأمام ببطء، وعيناها تمتص كل التفاصيل. سار بارث وسوارانجالي بجانبها، ممسكين بيديها برفق، مؤكدين أنها مرتاحة ومرتاحة. تعجب أفراد الأسرة الأصغر سناً من المزيج السلس بين التقاليد والحداثة التي يمثلها الممر. كان تكريمًا مثاليًا للتراث القديم للمدينة مع توفير مسار مريح ويمكن الوصول إليه للحجاج والسياح على حد سواء.

عندما اقتربوا من المعبد، ظهرت القبة الذهبية لمعبد كاشي فيسواناث، متلألئة ببراعة تحت ضوء الشمس. كانت القبة، وهي مشهد مذهل، تبرعًا سخيًا من الملكة أهليباي هولكار في القرن الثامن عشر. يعكس سطحه اللامع أشعة الشمس، مما يخلق توهجًا أثيريًا يبدو أنه يضيء المنطقة بأكملها. توقفت العائلة للحظة، وعيناها مثبتتان على القبة الرائعة، وشعرتا بشعور عميق بالتبجيل والامتنان لمساهمة الملكة الخالدة.

كان مدخل مجمع المعبد أعجوبة في حد ذاته. رحبت الأعمدة المنحوتة بشكل معقد والأقواس المزخرفة بالمحبين، مما أدى بهم إلى المناطق المقدسة. على الرغم من العدد الكبير من الزوار، كان إجراء دارشان سلسًا بشكل ملحوظ وجيد التنظيم. قام المتطوعون وموظفو المعبد بتوجيه المصلين بالدفء والكفاءة، مما يضمن حصول الجميع على تجربة سلمية ومرضية. امتلأ الهواء بأناشيد لحنية من المانترا والرنين الناعم لأجراس المعبد، مما خلق أجواء روحية عميقة.

داخل مجمع المعبد، تم توجيه العائلة نحو المعبد المقدس، حيث تم تكريس Jyotirlinga of Lord Viswanath. تغلغلت رائحة البخور والزهور في الهواء، واختلطت بصوت التراتيل التعبدية التي

تغنى في انسجام. كان الجو كهربائيًا بتفانٍ، حيث قدم المئات من المصلين، صغارًا وكبارًا، صلواتهم بأيديهم المطوية وعيونهم المغلقة، ضائعون في شركتهم الروحية مع الإله.

تقدم با وبارث وسوارانجالي بشعور من الخشوع والترقب. عندما اقتربوا من الحرم الداخلي، أخذ مشهد Jyotirlinga المقدس أنفاسهم. مزينة بأكاليل من الزهور الطازجة ومتلألئة بالماء المقدس الذي سكب عليها في أبهيشكام، نضح اللينغا بطاقة روحية قوية بدا أنها تغلف جميع الحاضرين. امتلأت عينا با بدموع الإخلاص وهي تحني رأسها في الصلاة، وشفتيها تتحدث بصمت عن التراتيل القديمة التي تعلمتها عندما كانت طفلة.

وقف بارث وسوارانجالي بجانبها، وأيديهم مطوية باحترام عميق. بالنسبة لبارث، كانت لحظة اتصال عميق بتراثه وروحانيته. شعر بطفرة من الامتنان لكونه قادراً على مشاركة هذه التجربة المقدسة مع عائلته الحبيبة. تأثر سوارانجالي أيضًا تأثرًا عميقًا. أغمضت عينيها وقدمت صلواتها، وشعرت بإحساس عميق بالسلام والوفاء يغمرها.

تمت إدارة عملية دارشان بشكل جميل، مما أتاح لكل محب متسعًا من الوقت لتقديم صلواته دون الشعور بالاستعجال. شاهدت العائلة الكهنة يؤدون الطقوس المتقنة بدقة وإخلاص، وتردد صدى هتافاتهم من خلال الحرم، مما زاد من الحماس الروحي للحظة. أضاءت النيران الوامضة لمصابيح آرتي وجوه المصلين، وألقت وهجًا إلهيًا دافئًا بدا أنه يعكس الضوء الداخلي لإيمانهم.

بعد دارشان، انتقلت العائلة إلى زاوية أكثر هدوءًا من مجمع المعبد، حيث يمكنهم الجلوس واستيعاب التجربة العميقة التي شهدوها للتو. كان وجه با مشعًا بابتسامة هادئة، وقلبها مليء بالبركات الإلهية للورد فيسواناث. تحدثت بهدوء، وشاركت قصصًا عن زياراتها السابقة للمعبد والتغييرات التي رأتها على مر السنين. كانت كلماتها مليئة بالامتنان والفرح، حيث عبرت عن كيف عززت عظمة الممر الجديد التجربة الروحية دون التقليل من سحر المعبد القديم.

استمع بارث وسوارانجالي باهتمام، وتورمت قلوبهم بالفخر والحب لتراثهم. أدركوا أن هذا الحج لم يكن مجرد زيارة إلى موقع مقدس، بل رحلة للروح، وارتباط عميق بجذورهم، وإعادة تأكيد لإيمانهم. قام الأعضاء الأصغر سناً في العائلة، المستوحاة من قصص با والطاقة الإلهية للمكان، بتعهدات صامتة لدعم تقاليدهم الروحية والاعتزاز بها.

بينما كانوا يستعدون لمغادرة المعبد، ألقت العائلة نظرة أخيرة على القبة الذهبية المهيبة، والحرم المزخرف بشكل جميل، والجو النابض بالحياة الذي يحيط بهم. كانوا يعلمون أن هذه كانت لحظة سيحملونها في قلوبهم إلى الأبد، ذكرى مقدسة من شأنها أن تلهمهم وتوجههم في رحلتهم عبر الحياة.

كانت التجربة في ممر كاشي فيسواناث ودارشان اللورد فيسواناث في الواقع إنجازًا مدى الحياة. كانت رحلة تجاوزت العالم المادي، ولمست أعمق زوايا أرواحهم وتركتهم بشعور بالسلام والوفاء والاتصال الإلهي. عندما خرجوا من المعبد وعادوا إلى شوارع فاراناسي الصاخبة، حملوا معهم بركات اللورد فيسواناث، وامتلأت قلوبهم بإحساس متجدد بالإيمان والإخلاص.

عادوا إلى سفينتهم السياحية. لقد كسروا صيامهم مع براساد الذي أعطوه في المعبد. تجنبوا جميعًا تناول وجبة غداء ثقيلة في وقت متأخر من بعد الظهر. كانوا جميعًا متعبين. أرادوا أن يشهدوا غانغا أراتي المشهور عالمياً في المساء. يمكنهم مشاهدة ذلك من شرفة مقصورتهم أو من أعلى السطح. سيبدأ الأراتي في الساعة السادسة مساءً. لكن يجب على المرء أن يرى الترتيب أيضًا. قرروا أخذ قيلولة سريعة. تحمل ماماجي مسؤولية إعطاء دعوة للاستيقاظ لكل جناح. بعد ساعة أو نحو ذلك، اتصل ماماجي وطلب منهم التجمع في الجزء العلوي من سطح السفينة. طُلب من با الجلوس في شرفة جناحها.

فاراناسي جانغا أراتي:

يوفر الإبحار على نهر الجانج ليلاً في فاراناسي تجربة سحرية حقًا.

بينما ينزلق القارب بلطف فوق المياه الهادئة، فإن أول ما تلاحظه هو الصمت الهادئ، الذي يتخلله فقط نفخة النهر العرضية والهتافات البعيدة من الغات. إن انعكاس ضوء القمر على الماء يخلق مسارًا فضيًا يقودك عبر قلب هذه المدينة القديمة.

تأخذ القبعات، التي تعج بالحياة خلال النهار، هالة مختلفة في الليل. تلقي الأضواء الناعمة من المصابيح والمشاعل توهجًا ذهبيًا دافئًا، وتضيء الدرجات والهياكل في ضوء باطني. المنحوتات المعقدة على القبعات مرئية بشكل خافت، وتبرز تفاصيلها من خلال اللمعان اللطيف. في المسافة، يمكنك أن ترى وميضًا خافتًا من مصابيح الزيت (دياس) تطفو أسفل النهر، ونيرانها الصغيرة تخلق مسارًا فاتنًا من الضوء. في بعض الأحيان، يختلط صوت الأجراس التي تدق من المعابد القريبة مع اللف اللطيف للماء مقابل القارب مما يخلق لحنًا مهدئًا. تنتشر في الأفق صور ظلية للمعابد والمباني القديمة، وتصل أبراجها إلى سماء الليل. يمتلئ الهواء بمزيج من البخور والنسيم البارد من النهر، مما يوفر تباينًا منعشًا لدفء اليوم.

بينما تطفو على طول الطريق، يبدو أن مدينة فاراناسي تنجرف داخل وخارج نطاق الرؤية، محاطة بحجاب من الغموض والتوقير. توفر صفاء الرحلة الليلية على نهر الجانج إحساسًا عميقًا بالسلام، مما يسمح بالتأمل والتقدير للجمال الخالد لهذا النهر المقدس والمدينة التي تصطف على ضفافه. وسط هذا الهدوء، تحدث طقوس الجانج آراتي، مما يضيف بُعدًا ساحرًا إلى التجربة.

يرتكز القارب بالقرب من داشاشواميده غات، حيث يتم تنفيذ العراتي. يقف الكهنة الذين يرتدون الملابس التقليدية على منصات مرتفعة، ويحملون مصابيح نحاسية كبيرة (ديامز) ذات ألسنة لهب متعددة. يملأ الهتاف الإيقاعي للمانترا الهواء، مصحوبًا بصوت الأصداف المحارية ورنين الأجراس.

يحرك الكهنة المصابيح في أنماط متزامنة، وحركاتهم سائلة ورشيقة، مما يخلق رقصة آسرة من الضوء. تتمايل نيران الأعماق في انسجام، وتلقي توهجًا ذهبيًا دافئًا ينعكس على الماء، مما يضيف إلى الجو الساحر. رائحة البخور تهب في الهواء، تختلط مع النسيم البارد من النهر. عندما يصل العراتي إلى ذروته، تضيء السماء

بنور ديا لا تعد ولا تحصى، تطفو على النهر من قبل المصلين. هذه الأضواء الصغيرة المتلألئة تخلق مسارًا متلألئًا على الماء، يرمز إلى تقديم الصلوات والآمال للإله. إن مشهد هذه المصابيح العائمة، التي تتحرك برفق مع التيار، هو تمثيل مرئي للإيمان والإخلاص، مما يضيف إلى الأجواء الروحية لليل.

عزز هذا الاحتفال المقدس، الذي لوحظ من القارب، الشعور بالاتصال بالتقاليد الإلهية والخالدة لفاراناسي. خلق مزيج من النهر الهادئ والليل الغامض والطقوس القوية لجانج أراتي تجربة لا تنسى تركت انطباعًا دائمًا بالسلام والتوقير والجمال. كان جميع أفراد عائلة بارث وسوارانجالي أكثر من راضين. في اليوم التالي، ستكون هناك جولة بالحافلة بين باناراس وكاشي لاستكشاف المدينة وزيارة بعض المعابد وجامعة باناراس الهندوسية الشهيرة.

جولة في مدينة فاراناسي الخلابة:

ترحب بكم فاراناسي، مدينة النور، بألوانها وأصواتها وطاقتها الروحية النابضة بالحياة. بينما تشرع في جولة مدتها أربع ساعات عبر هذه المدينة القديمة، استعد لتفتن بنسيجها الغني بالثقافة والتفاني، الذي ينعكس في معابدها الشهيرة العديدة.

نقطة البداية: معبد دورغا:

تبدأ رحلتك في معبد دورغا، المعروف أيضًا باسم معبد القرد بسبب العديد من القرود التي تسكن محيطه. المعبد، المرسوم باللون الأحمر المذهل، مخصص للإلهة دورغا ويعود تاريخه إلى القرن الثامن عشر. مع اقترابك، تزين أبراج شيخارا (البرج) فوق المعبد بنقوش معقدة. في الداخل، يضم الحرم معبود دورغا الجميل، وتحيط به أصداء صلوات المصلين. الهواء كثيف برائحة البخور وأصوات الأجراس، مما يخلق جوًا هادئًا.

المحطة التالية: تولسي ماناس ماندير:

تأخذك مسافة قصيرة بالسيارة إلى معبد تولسي ماناس، وهو أعجوبة من الرخام الأبيض بنيت في عام 1964. يحمل هذا المعبد أهمية هائلة لأنه يمثل المكان الذي كتب فيه الشاعر والقديس تولسيداس الملحمة Ramcharitmanas. الجدران منقوشة بآيات من الملحمة، منحوتة بشكل جميل بالخط الهندي. توفر الحدائق الهادئة والأجواء الهادئة للمعبد بيئة مثالية للتأمل والتأمل.

لننتقل إلى: معبد سانكات موشان هانومان:

وجهتك التالية هي معبد سانكات موشان هانومان، المكرس للورد هانومان، إله القرود المعروف بإزالة العقبات ومنح الأمنيات. عند دخولك، يستقبلك مشهد المصلين وهم يهتفون هانومان تشاليسا ويقدمون أكاليل من القطيفة والحلويات. المعبد مفعم بالحيوية، مليء بطاقة المصلين الذين يبحثون عن البركات. تمرح القرود حول أرض المعبد، مما يضيف لمسة مرحة إلى الجو الروحي.

المزيد على طول: معبد بهارات ماتا:

المحطة الفريدة في جولتك هي معبد بهارات ماتا، المخصص ليس لأي إله، ولكن لأم الهند. يضم هذا المعبد، الذي افتتحه المهاتما غاندي في عام 1936، خريطة بارزة للهند منحوتة من الرخام. تعمل الخريطة، التي تتضمن صورًا مفصلة للجبال والسهول والمحيطات، كرمز للوحدة والوطنية. تقدم الهندسة

المعمارية للمعبد والغرض منه انحرافًا منعشًا عن الهياكل الدينية النموذجية.

المحطة قبل الأخيرة: أنابورنا ديفي ماندير:

بعد ذلك، تزور معبد أنابورنا ديفي، المكرس لإلهة الطعام والتغذية. المعبد، الذي يقع بالقرب من معبد كاشي فيسواناث، هو تجسيد للنعمة الإلهية والوفرة. يشع تمثال أنابورنا ديفي، المزخرف بالمجوهرات الذهبية، شعوراً بالكرم والدفء. يعتقد المخلصون أن العبادة هنا تضمن أنهم لن يواجهوا ندرة في الحياة.

الوجهة النهائية: معبد فيسواناث الجديد (معبد بيرلا)

في ختام جولتك، تصل إلى معبد فيسواناث الجديد، الواقع داخل الحرم الجامعي المترامي الأطراف لجامعة باناراس الهندوسية (BHU). المعروف أيضًا باسم معبد بيرلا، تم بناء هذا الهيكل الرائع بالرخام الأبيض ويضم برجًا مثيرًا للإعجاب يصل ارتفاعه إلى 77 مترًا، مما يجعله واحدًا من أطول المباني في العالم. المعبد مخصص للورد شيفا، وتصميمه مستوحى من معبد كاشي فيسواناث. إن البيئة المحيطة الهادئة والواسعة، جنبًا إلى جنب مع العظمة المعمارية للمعبد، تجعله نهاية مناسبة لاستكشاف فاراناسي.

بينما تكمل جولتك، يظل الجوهر الروحي لفاراناسي في قلبك، وهو تذكير بتفاني المدينة الخالد وتراثها الثقافي الغني. تقدم هذه الرحلة التي تستغرق أربع ساعات عبر معابدها الشهيرة، ولكل منها سحرها وأهميتها الفريدة، لمحة عميقة عن روح فاراناسي، مما يترك لك ذكريات تعتز بها إلى الأبد.

جامعة باناراس الهندوسية (BHU) هي مؤسسة مرموقة تقع في فاراناسي، أوتار براديش، الهند. تأسست جامعة BHU في عام 1916 من قبل الزعيم القومي البارز بانديت مادان موهان مالافيا، وهي واحدة من أكبر الجامعات السكنية في آسيا، وتمتد عبر حرم جامعي مورق تبلغ مساحته 1300 فدان. تشتهر بالتزامها بالتميز في التعليم والبحث والتطوير الثقافي. تضم الجامعة كليات مختلفة، بما في ذلك العلوم والهندسة والفنون والعلوم الاجتماعية، مما يجذب الطلاب من جميع أنحاء الهند وحول العالم. يضم الحرم الجامعي هياكل أيقونية مثل معبد فيسواناث الجديد ومتحف بهارات كالا بهافان، وهو متحف يضم مجموعة واسعة من الأعمال الفنية والتحف الهندية. يواصل مزيج جامعة البحرين الصحية من القيم التقليدية والتعليم الحديث تعزيز بيئة من النمو والتعلم الشاملين.

انتهت جولة نهرية فاخرة لمدة سبعة أيام

الفصل السابع
العودة إلى الصفحة الرئيسية

كانت جميع العائلات الثلاث تحمل سياراتها في المطار. اتصل ديف بسيارتين. وصلوا إلى منازلهم. في المساء، جاء بعض

الأقارب الذين لم يتمكنوا من حضور الزواج. كانوا سعداء للغاية لرؤية سوارانجالي، وباركوها بهدايا باهظة الثمن وغادروا. الأيام الخمسة التالية، كانت محمومة. أخذ ديفانغبهاي ابنه وزوجة ابنه إلى متجره الرئيسي. هناك دعا كبار موظفيه من جميع المتاجر الأخرى لتقديم ابنه وسوارانجالي. كان قد رتب لهم حفلة صغيرة. قام بتوزيع شيكات مجانية على يد سوارانجالي، مديرهم الجديد. سيحصل المبتدئون على مكافأة مباشرة من خلال حسابهم المصرفي. بعد بعض الوقت، عاد الزوجان الجديدان إلى المنزل.

في اليوم التالي، تمت دعوة بارث وسوارانجالي مع والدي بارث وبا من قبل ماماجي في منزله لتناول طعام الغداء. كان بارث ذاهباً إلى منزل ماماجي لأول مرة. دعا ماماجي أخته وصهره (والدا سوارانجالي) أيضًا. كان منزل ماماجي كبيرًا جدًا. مرة أخرى كان هناك لقاء. استمتعوا بالغداء. رغبت سوارانجالي في الذهاب إلى منزل والديها لبعض الوقت. اتفق الجميع. دعا سوارانجالي سانجيتا هناك. وافقت على المجيء. عندما وصلت إلى المنزل مع والديها وبارث، كانت سانجيتا هناك بالفعل للترحيب بهم. عانق سوارانجالي سانجيتا. ذهبوا إلى غرفتها التي كانت قريبة جدًا من قلبها. قدمت دميتها الدب إلى سانجيتا. لقد كان رفيقًا لطيفًا جدًا. لقد تحدثوا عن أشياء كثيرة من الماضي وكان هناك الكثير ليقولوه. ولكن كانت هناك قيود زمنية. انضم إليهم بارث وبعد وقت ما أظهر ساعته وأشار إلى المغادرة. صافح بارث سانجيتا، وعانق سانجيتا سوارانجالي وغادروا جميعًا وهم يحملون البركات من الشيوخ إلى وجهتهم.

وصلت تأشيرة سوارانجالي إلى الولايات المتحدة. تم إعطاؤه لمدة عشر سنوات. في اليوم التالي كان عليهم المغادرة. من أحمد آباد، عليهم أن يطيروا إلى مومباي ثم إلى الولايات

المتحدة من هناك. لم يكن أحد سعيدًا اليوم. كان هناك بلادة في منزلهم. كان با مضطربًا للغاية. لم تكن متأكدة من رؤية بارث مرة أخرى في المستقبل القريب. لكنها كانت سعيدة جدًا بمعرفة أن سوارانجالي ستعود قريبًا لفحصها وستكون معها.

خلال وقت الغداء والعشاء، لم يتحدث أحد بحرية. حتى سوارانجالي كان حزينًا لرؤيتهم غير سعداء. بذلت قصارى جهدها لإبهاجهم. كانت جميع الابتسامات مزيفة ومخفية. لكنها لم تستطع المساعدة. أشارت إلى بارث بالبقاء معهم لأطول فترة ممكنة في تلك الليلة. ذهبت إلى غرفتها وبدأت في حزم أمتعتها. بعد أن جاء بارث في وقت ما. كانت عيناه رطبتين. اقتربت منه ومسحت دموعه بساري بالو. عانقها بإحكام وقال: "من فضلك اعتني بهم بشكل صحيح". ثم ساعد سوارانجالي في حزم أمتعتهم. كان الوقت متأخراً جداً. وغدا في الساعة العاشرة صباحا اضطروا إلى المغادرة إلى الولايات المتحدة. تقاعدوا ليلاً.

كان يوم المغادرة. مرت أربعة أسابيع تقريبًا. جاء بارث من الولايات المتحدة، ووجد فتاة من اختياره، وتزوج وكان سيعود مع عروسه الجديدة. كانت هذه الأسابيع الأربعة محمومة للغاية في حياته. كانوا أيضا الأفضل. رافق والد بارث ووالدته وبا الزوجين إلى المطار لتوديعهم. كان من الصعب السيطرة على با. كانت سوارانجالي بجانبها في السيارة مع بارث على الجانب الآخر. أمسك كلاهما بيدي با. كما جاء والدا سوارانجالي وماماجي وآخرون لتوديع بارث وسوارانجالي.

رحلة سعيدة:

وصلوا إلى مطار سردار فالابهبهاي باتيل الدولي. انحنى بارث وسوارانجالي للمس أقدام الشيوخ وتبادلوا التحية مع الصغار، وأخذوا عرباتهم، وودعوا بعضهم البعض وذهبوا إلى داخل المحطة. لوحوا لبعضهم البعض لبعض الوقت وكانوا على وشك الدخول. فجأة طلب سوارانجالي من بارث الانتظار وركض نحو با. عانقت با وهمست، "با، سآتي قريبًا.

لا تقلقي على حفيدك. سأعتني به ". قبلت على خد با وركضت عائدة إلى بارث وذهبت إلى داخل المدرج. صلى بع إلى الله عز وجل من أجل رفاههم. كانت تبكي بغزارة لكنها كانت سعيدة وراضية.

الخاتمة

كان شهر العسل هذا مختلفًا عن أي شهر آخر. بدلاً من العروسين فقط، انضمت العائلة بأكملها إلى الزوجين في رحلة بحرية فاخرة، مما خلق مزيجًا من الترابط العائلي والخصوصية الشخصية. تمتع الزوجان بالحرية الكاملة، مع اتخاذ ترتيبات خاصة لخصوصيتهما، بينما استكشفت العائلة الوجهات السياحية معًا. زاروا المواقع الجميلة، ومزجوا فرحة السفر مع دفء أحبائهم. كانت تجربة فريدة من نوعها، حيث تداخلت رحلة الزوجين الرومانسية مع الاحتفالات العائلية، مما جعلها شهر عسل وجهة لا تنسى ومميزة لجميع المعنيين.

انطلق في رحلة نهرية فاخرة لمدة سبعة أيام من كلكتا، وهي رحلة عبر التاريخ والروحانية والتراث الثقافي. تبدأ مغامرتك في كلكتا، حيث تستقل السفينة السياحية الأنيقة، وتستقبلها الضيافة الحارة للطاقم. الوجهة الأولى هي بيلور ماث، وهو مكان هادئ وخلاب على ضفاف نهر هوغلي، موطن بعثة راماكريشنا. بعد ذلك، تزور معبد داكشينشوار كالي الشهير، المعروف بهندسته المعمارية المذهلة وأجوائه الروحية. ثم تبحر الرحلة البحرية نحو ميناء دايموند، وهي بلدة ساحرة عند التقاء نهري هوغلي وروبنارايان، وتوفر إطلالات خلابة وملاذًا هادئًا.

مع استمرار الرحلة، تصل إلى مرشد أباد، حيث ينتظر قصر هازاردواري الرائع. يعرض هذا القصر الكبير، بأبوابه الألف، البذخ والأهمية التاريخية لنواب البنغال. بعد استكشاف القصر والمناطق المحيطة به، تتجه الرحلة البحرية نحو بودا جايا. في بود غايا، تزور معبد ماهابودي المقدس، حيث حقق الرب بوذا

التنوير. توفر البيئة المحيطة الهادئة للمعبد وشجرة بودي مكانًا مثاليًا للتأمل والتأمل.

المحطة قبل الأخيرة هي مدينة فاراناسي المقدسة. هنا، تختبر الطاقة الروحية للغات، وتشهد غانغا آرتي الساحرة، وتستكشف المعابد القديمة والممرات الضيقة المليئة بالتاريخ. ثم تعود الرحلة إلى كلكتا، لتختتم أسبوعًا من التجارب التي لا تنسى. توفر هذه الرحلة النهرية مزيجًا من الاسترخاء والاستكشاف الثقافي والإثراء الروحي، مما يخلق ذكريات تعتز بها إلى الأبد. توجهوا مباشرة إلى مطار كلكتا واستقلوا الرحلة إلى أحمد أباد.

نبذة عن المؤلف

أوروبيندو غوش

أوروبيندو غوش شخصية متعددة الاستخدامات بعد الانتهاء من البكالوريوس والماجستير والماجستير في الفلسفة والدكتوراه في الإحصاء والدكتوراه في الاقتصاد، قام الدكتور أوروبيندو غوش بتدريس كل من طلاب الدراسات العليا والدراسات العليا في الإحصاء في كلية حكومة ماهاراشترا لمدة 35 عامًا تقريبًا. بعد تقاعده، انضم إلى العديد من مؤسسات الإدارة كمدير في جميع أنحاء الهند. حصل كتابه الشعري الأول "زنبق في السماء الشمالية" على الجائزة من دار أوكيوتو للنشر، وترجمها لاحقًا إلى اللغات الفرنسية والألمانية والإسبانية والعربية. وهو مساهم منتظم في مختارات أوكيوتو بابليشر. ومن أبرزها "الجنية والملكة"، "أصغر مقاتل من أجل الحرية باجي راوت"، "تمنى أمنية"، "أصبح بينكي ميهرا رائد فضاء "، "يود شاسترا"، "شاطئ ناجوا"، "الوحدة في التنوع: توحيد ألمانيا"، "حكايات جناجاتي" إلخ. تتم ترجمة الوحدة في التنوع إلى اللغة الألمانية. في الآونة الأخيرة، نشرت دار أوكيوتو للنشر كتابه الخيالي المنفرد "أحلام بيملادادي" والذي لم يحصل على جائزة "أفضل كتاب خيالي لهذا العام" فحسب، بل تم تحويله أيضًا إلى كتاب صوتي. حلم بيملادادي متاح الآن بثلاث لغات أخرى وهي اللغات الإيطالية والتركية والنيبالية. جنبًا إلى جنب، شارك أيضًا في إنشاء لوحات الأكريليك والوارلي والمادهباني. يكتب الدكتور أوروبيندو غوش قصائد وقصص قصيرة بلغات مختلفة وتحديداً باللغات الإنجليزية والبنغالية والهندية والغوجاراتية والماراثية. إبداعاته الأدبية الأخرى هي Insight Outsight ؛ مجموعة من القصص القصيرة باللغة الإنجليزية، Mejodergolpo، مجموعة من القصص القصيرة باللغة البنغالية و

Chhondo Hole Mondo Ki ؛ مجموعة من القصائد باللغة البنغالية. يحب السفر. يكتب عن السفر. سرعان ما تستعد أحدث رواياته الرومانسية الخيالية الفردية "شهر العسل الغامض" للنشر، من خلال دار أوكيوتو للنشر. أوروبيندو غوش مبدع للغاية ؛ يحب إنشاء القطع الأثرية من النفايات. الاستماع إلى الموسيقى الكلاسيكية الهندية هو شغفه. الدكتور أوروبيندو غوش هو أيضا مسافر عاطفي. في كثير من الأحيان يدرج قصص رحلاته في قصصه. شغفه الآخر هو التصوير الفوتوغرافي.